अभी, बिल्कुल अभी

[कविता-संग्रह]

अभी, बिल्कुल अभी

केदारनाथ सिंह

राजकमल प्रकाशन

ISBN : 978-81-267-2825-1

मूल्य : ₹395

पहला संस्करण : 1960
राजकमल से पहला संस्करण : 2016
तीसरा संस्करण : 2026

प्रकाशक : राजकमल प्रकाशन प्रा.लि.
1-बी, नेताजी सुभाष मार्ग, दरियागंज
नई दिल्ली-110 002

शाखाएँ : अशोक राजपथ, साइंस कॉलेज के सामने, पटना-800 006
पहली मंजिल, दरबारी बिल्डिंग, महात्मा गांधी मार्ग, इलाहाबाद-211 001
36 ए, शेक्सपियर सरणी, कोलकाता-700 017

वेबसाइट : www.rajkamalprakashan.com
ई-मेल : info@rajkamalprakashan.com

मुद्रक : बी.के. ऑफ़सेट
नवीन शाहदरा, दिल्ली-110 032

ABHI, BILKUL ABHI
Poems by Kedarnath Singh

विज्ञप्ति

'अभी, बिल्कुल अभी' सन् उन्नीस सौ साठ में पहली बार प्रकाशित हुआ था। इसे प्रकाशित किया था प्रसिद्ध कथाकार मार्कण्डेय ने—अपने 'नया साहित्य प्रकाशन', 2 मिंटो रोड, इलाहाबाद की ओर से। इस अन्तराल में कुछ अन्य प्रकाशकों द्वारा यह छपता ज़रूर रहा है, पर इधर काफी समय से बाजार में अनुपलब्ध था। अब नए रूपाकार में राजकमल प्रकाशन इसे प्रकाशित कर रहा है—यह मेरे लिए खुशी की बात है। मैं इस ताज़ा संस्करण को—कथाकार मार्कण्डेय की स्मृति को समर्पित करता हूँ।

—केदारनाथ सिंह

अनुक्रम

प्रक्रिया 9
हस्ताक्षर कर देता हूँ 11
अपनी छोटी बच्ची के लिए एक नाम 13
अनागत 16
आत्मचित्र 18
शंका-पुत्र 20
शाम 23
एक पारिवारिक प्रश्न 26
पिता से 27
सूर्यास्त 29
निराकार की पुकार 31
नए दिन के साथ 33
रचना की आधी रात 34
नीला पत्थर 36
दिग्विजय का अश्व 38
सुबह : पतझर 41
अन्धड़ की प्रतीक्षा 43
बादल ओ! 45
जल-हँसी 48
दीपदान 50
खोल दूँ यह आज का दिन! 52

54 कमरे का दानव
56 पूर्वाभास
58 प्यार-रेखा
60 एक बच्चे की तीन कविताएँ
62 मैं नहीं हूँ मंत्रद्रष्टा
64 नए वर्ष के प्रति
66 दरपन से एक निजी बातचीत
70 चाँदनी में मैं
73 पपीहा-दिन
75 उष:दान
76 जीने के लिए कुछ शर्तें
78 हम जो सोचते हैं!

प्रक्रिया

मैं
जब हवा की तरह
दृश्यों के बीच से गुजरता हुआ
अकेला होता हूँ;
तो क्षण भर के लिए
मुझे कहीं भी देखा जा सकता है,
किसी भी दिशा से
किसी भी मोड़ पर
किसी भी भाषा के अज्ञात
शब्द-कोश में!

पर मैं
जब कहीं नहीं होता;
सिर्फ कहीं होने की लगातार कोशिश में,
सामने की भीड़ को
दूर से पहचानता हुआ
हवा के आर-पार
एक प्रश्न उछालता हूँ
और हँसता हूँ!
तो न जाने क्यों
मुझे लगता है :

कि गूँजहीन शब्दों के इस घने अन्धकार में
मैं—
अर्थ-परिवर्तन की
एक अबूझ प्रक्रिया हूँ;
जिसके भीतर
ये लोग,
झाड़ियाँ,
बत्तखें और भविष्य
हर चीज एक-दूसरे में
घुली-मिली है!

जड़ें रोशनी में हैं
रोशनी गन्ध में,
गन्ध विचारों में
विचार स्मृतियों में,
स्मृतियाँ रंगों में...

और मैं चुपचाप
इस सम्पूर्ण व्यतिक्रम को
भीतर सँभाले हुए;
चलते-चलते
झुककर
रास्ते की धूल से
एक शब्द उठाता हूँ
और पाता हूँ कि अरे
गुलाब!

हस्ताक्षर कर देता हूँ

शुरू हुआ दिन!
लो, मैं
कोलाहल से पहले
देश-देशान्तर की
            अनदेखी छापहीन
खुलती राहों पर
            हस्ताक्षर
            कर देता हूँ!

घरों में जाता हूँ,
इधर-उधर बिखरी
            बेशक्ल पड़ी चीजों को
हल्के उठाता हूँ;
किसी नए क्रम में
        फिर सबको
            सजाता हूँ;
और कहीं
            कोने में
            दुबके संशय पर
            हस्ताक्षर
            कर देता हूँ!

नदियों में जाता हूँ,
सतह पर जमी हुई
काई हटाता हूँ,
जल को
कँपाता हूँ,
और किसी
गहरे
निष्कम्प गहन तल पर
हस्ताक्षर
कर देता हूँ!

ऋतुओं में जाता हूँ,
टूटे, भूरे, उदास
वृक्षों की छालों से
आकांक्षा के,
जीवित रेशे
अलगाता हूँ;
उड़ने से पहले
हर दिशाहीन चिड़िया के
पर में
उलझता हूँ,
और कहीं
जीने की
दैनिक शर्तों पर
हस्ताक्षर
कर देता हूँ!

अपनी छोटी बच्ची के लिए एक नाम

ओस-भरे
कँपते गुलाब की टहनी पर
तितली के पंखों-सी सटी हुई
धूप!
एक नाम है हल्का-सा
मेरे बेस्वाद खुले होंठों पर
तेरे लिए!

और भी होंगे!
पर जाने क्यों मेरा मन
तुझे देखकर सम्मुख
कन्धों तक उठे हुए पौधों के बीच में;
सहसा पुकार उठा
एक इसी नाम से!

आह, तू न समझेगी
तेरी उस हँसी
और मेरे इन शब्दों में
युगों का अन्तर है!

पर मैंने देखे हैं
तेरी इस हँसती-सी
प्रश्नभरी मुद्रा के कुहासाच्छन्न तल में
वे बहुत-से अधूरे
पथ,
लक्ष्यहीन मोड़ों पर
खिंचे हुए रोली के हल्के इशारे,
और तैरते हवाओं में
बहुत-से अजन्मे पुल—

> जिनसे होकर मुझको
> इस छोटे जीवन के
> अनगिनती
> अनाघ्रात अर्थों तक
> जाना है!

मैं हूँ उदास!
पर तुझे क्या दुख है
जो गुमसुम खड़ी है यों
मेरे इस सूर्यहीन कन्धे पर मुँह रखकर
मेरी नन्ही तितली!
मैंने दिया है
एक छोटा-सा नाम;
बस, इतनी तो बात है!

> किन्तु तू न जानेगी,
> मेरी तो सारी यह आयु
> चुक जाएगी
> इससे भी सीधे,
> और इससे भी प्यारे,

और इससे भी अर्थ भरे
किसी नए नाम के
अनवरत अन्वेषण में;
सिर्फ
एक तेरे लिए!
तेरे लिए!
तेरे लिए!

अनागत

इस अनागत को करें क्या!
जो कि अक्सर
बिना सोचे, बिना जाने
सड़क पर चलते अचानक दीख जाता है!
किताबों में घूमता है;
रात की वीरान गलियों-बीच गाता है!
राह के हर मोड़ से होकर गुजर जाता;
दिन ढले—
सूने घरों में लौट आता है!

बाँसुरी को छेड़ता है;
खिड़कियों के बन्द शीशे तोड़ जाता है!
किवाड़ों पर लिखे नामों को मिटा देता;
बिस्तरों पर छाप अपनी छोड़ जाता है!
इस अनागत को करें क्या—
जो न आता है, न जाता है!

आजकल ठहरा नहीं जाता कहीं भी,
हर घड़ी, हर वक्त खटका लगा रहता है!
कौन जाने कब, कहाँ वह दीख जाए!
हर नवागन्तुक उसी की तरह लगता है!

फूल जैसे अँधेरे में
दूर से ही चीखता हो,
इस तरह वह दरपनों में कौंध जाता है
हाथ उसके
हाथ में आकर बिछल जाते,
स्पर्श उसका
धमनियों को रौंद जाता है!

पंख
उसकी सुनहली परछाइयों में खो गए हैं,
पाँव
उसके कुहासे में छटपटाते हैं!
इस अनागत को करें क्या हम
कि जिसकी सीटियों की ओर
बरबस खिंचे जाते हैं!

आत्मचित्र

(स्पुतनिक-I के सफल अंतरिक्ष अभियान से प्रेरित)

एक लकीर
पृथ्वी के सारे अक्षांशों से होती हुई
जहाँ
  सौर-मंडल के पास
  खो जाती है
वहाँ
  मैं खड़ा हूँ!

मछुए का
  एक जाल
  नदी से निकलकर
  धरा हुआ
      मेरे इन चिर आदिम कन्धों पर :
      यह मेरा नगर है!

हँसी की एक झालर
  टँगी हुई तारों पर
  हवा के धक्के से
  जिधर झुक जाती हैं

उधर :
मेरा घर है!

छोटा-सा घर है;
और छोटे-से घर में
असंख्य दिशाएँ हैं।
हर दिशा
तेजी से
दूसरी दिशाओं को
जहाँ पर छूती है
वहाँ—
मैं जीवित हूँ!

शंका-पुत्र

एक बच्चा
        और मैं
दो
बराबर फासले पर
नम सुबह की भाप में
                लिपटे हुए
चुप चल रहे हैं
            न जाने कब से!

चाँद-सी उसकी हथेली
फूल जैसे पाँव,
रौंदते हैं
    नदी-पर्वत
        खेत
    जंगल
        गाँव!
हर जगह
    हर ठाँव,

गर्व से मस्तक उठाए
एक-दूजे को

बगल से देखते
बचते हुए;
बाप-बेटे की तरह
(यद्यपि अपरिचित)
हम बराबर चल रहे हैं
न जाने कब से!

और अब
वह बहुत कोमल
इस चढ़ाई की डगर पर
थक गया है!
न जाने
कब पास आकर
मौन
मेरे हाथ की अँगुली
पकड़ ली है!

हर कदम पर
पूछता है—खत्म कब होगी
यह गहनतम
भाप
जिसकी गर्म अनगिन तहों में
लिपटे हुए
हम चल रहे हैं;
खत्म कब होगी,
बताओ,
खत्म कब होगी!
और मैं चुप हूँ!
अनाहत चुप है!
योंकि जैसे वह पहाड़ों-जंगलों से
पूछता हो!

पिता (या मुझसे) नहीं।

कहीं भीतर एक भय है।
आह,
शंका-पुत्र
ठहरो,
तुम न जानोगे,
नम सुबह की यह पिघलती भाप
मैं ही हूँ!
एक अनदेखे कवच-सा
तुम्हें जो घेरे हुए है—
शाप
मैं ही हूँ!
और वह अँगुली
जिसे पकड़े हुए तुम चल रहे हो,
खोलने पर कभी—
शायद
एक मुट्ठी
भाप की
संवेदना रह जाएगी!
क्षमा करना
वत्स,
उसको
क्षमा कर देना!

शाम

हवा शान्त है
लोग
भागते हुए
स्वयं की साथ दौड़ती परछाईं से
अलग
तेजतर!

सीमान्तों पर
मुड़ते-मुड़ते
झंडे बदल रहे हैं अपने।

हर यात्री के बाद
दूसरा
किसी गीत की
फेंकी हुई
सुदूर गूँज को
दुहराता-सा...
बढ़ जाता है;

एक वृत्त है
जिसमें खो जाता है हर आकार!

हवा शान्त है
हर ढलाव पर
जलघासों की गन्ध
डूबती हुई
दूर से और दूरतर!
शब्द
शोर के बीच
पत्तियों की कोरों के पास
झूलते हुए
अकेले!

पाँव
इधर से उधर
काटते किसी केन्द्र को
बार–बार
पानी में
ओझल हो जाते।

एक झील है
जो लिखती जाती है हर खामोशी
रुकना,
हिलना,
दृश्य, घुमाव।

हवा शान्त है
सिर्फ दृष्टियाँ
जलछोरों पर रुकी हुई
सूर्यास्त देखतीं;
दर्शक चले गए हैं सारे
(एक अतीत–गवाह छोड़कर)

लौट रहा हूँ मैं भी
क्रमशः
सभी ओर से
अन्तरतम के किसी कोण पर
झुका हुआ-सा
सुनता प्रतिपल
एक समुद्री दस्तक
मन की परत-परत पर
धीमे-धीमे...

एक दिशा है
जो लौटा देती है सारे दूत
प्रश्नवाहक,
भटकी आवाज!

एक पारिवारिक प्रश्न

छोटे-से आँगन में
माँ ने लगाए हैं
तुलसी के बिरवे दो;
पिता ने उगाया है
बरगद छतनार!
मैं अपना नन्हा गुलाब
कहाँ रोप दूँ!
मुट्ठी में प्रश्न लिये
दौड़ रहा हूँ वन-वन,
पर्वत-पर्वत,
रेती-रेती
बेकार... !

पिता से

मुझे दिये जाओ
मैं रक्खूँगा!
गिरने न दूँगा
कभी बुझने न दूँगा
पिता,
        वह आदिम व्यथा
जो कि तुमको मिली थी
एक सोने की जलती पिटारी में बन्द;
कहीं बरसों से
            इस घर की अनजानी
            मिट्‌टी में गड़ी हुई—
मुझे दिये जाओ
मैं रक्खूँगा!
            अपनी आकांक्षा की तहों में
            लपेटकर,
            बाँधे हुए पीठ पर
            प्राणों में,
            कन्धों पर
                ढोता रहूँगा
                मौन ढोता रहूँगा;
            और कभी नहीं खोलूँगा!

दी हुई तुम्हारी उस सोने की पिटारी को
उसी तरह बन्द,
गहन,
अनबुझ,
अप्रतिहत
इन संवेदन के हाथों
जहाँ तक कहोगे
वहाँ तक
पहुँचा दूँगा
संदेशवाहक मैं तुम्हारी चुप्पियों का हूँ।

तुमने जो कहा नहीं
उस पर्वत-शब्द को
अनन्त तक गुँजा दूँगा!
मुझे दिये जाओ!
गिरने न दूँगा
कभी बुझने न दूँगा!
पिता,
वह जो अहरह तुममें
जलता ही रहता है—
मुझे दिये जाओ
मैं रक्खूँगा!

सूर्यास्त

दिन ढले के बाद
लाल, भूरी
हरी, नीली
पीत
संख्यातीत
फरफराती
धूप की उल्टी पताकाएँ

दूर
वृक्षों पर
उलझकर रह गई हैं!
मकानों पर
झुक गई हैं।
बलाकाओं के
खुले डैने पकड़कर
रुक गई हैं
दिन–पताकाएँ!

कहीं कोई स्वर नहीं है।
सिर्फ नभ में
बहुत ऊपर

रिक्तता में गुनगुनाती
पताकाएँ हैं;
कि जो
अब गिर रही हैं
गिर रही हैं
भागते पैरों-तले
पहियों-तले
चक्कों-तले
नगर के चौड़े पथों पर—
गिर रही हैं अनवरत
टूटी पताकाएँ
सात रंगों की पताकाएँ!

निराकार की पुकार

Tomorrow is our permanent Address
E.E. Gemmings

कल उगूँगा मैं!
आज तो कुछ भी नहीं हूँ
घास, पत्ती, फूल, चिड़िया
आह, कुछ भी तो नहीं हूँ,
कल उगूँगा मैं!

भोर से पहले
तुम्हारे द्वार पर,
या रास्ते में,
खँडहरों के पास,
या फिर किसी अनदेखे उपेक्षित कूल पर
कल उगूँगा मैं!

ओ, सुनो,
बीज हूँ मैं एक ऐसे अनउगे दिन का,
जो तुम्हारी मुट्ठियों से
किसी हल्के झुटपुटे में कसमसाकर गिर पड़ा था;
और जिसको
किसी खुलती आँख ने

वीरान, जंगल, पहाड़ों या गुम्बदों या पुलों की मेहराब से
उठते हुए देखा वहीं है;
कल उठूँगा मैं!
तुम मुझे, चीन्हो न चीन्हो
बहुत सम्भव है कि कल तड़के तुम्हारे बिस्तरे पर
एक छोटी-सी किरन बनकर झरोखे से गिरूँ!
या एक झोंके की तरह आकर
कँपा जाऊँ तुम्हें!
या चुप तुम्हारे बगीचे में
एक छोटा-सा नया पौधा कहीं बनकर उगूँ!
या फिर तुम्हारी बाँह पर
सहसा विजय की काँपती जयमाल बनकर
चू पड़ूँ!

या कुछ नहीं तो
बहुत सम्भव है किसी सागर किनारे
दूर जाते हुए जलयान की शुभकामना में
एक बुझती साँझ का रुमाल बनकर
हिल उठूँ!

एक नन्हा बीज मैं अज्ञात नवयुग का,
आह, कितना कुछ,
सभी कुछ,
न जाने क्या-क्या,
समूचा विश्व होना चाहता हूँ!
भोर से पहले तुम्हारे द्वार पर
तुम मुझे देखो न देखो
कल उगूँगा मैं!

नए दिन के साथ

नए दिन के साथ
एक पन्ना खुल गया कोरा
हमारे प्यार का!

सुबह,
इस पर कहीं अपना नाम तो लिख दो।
बहुत से मनहूस पन्नों में
इसे भी कहीं रख दूँगा।

और जब-जब
हवा आकर
उड़ा जाएगी अचानक बन्द पन्नों को;
कहीं भीतर
मोरपंखी की तरह रक्खे हुए उस नाम को
हर बार पढ़ लूँगा।

रचना की आधी रात

अन्धकार! अन्धकार! अन्धकार!
आती हैं
कानों में
फिर भी कुछ आवाजें

दूर, बहुत दूर
कहीं
आहत सन्नाटे में
    रह-रहकर
    ईंटों पर
    ईंटों के रखने की...
    फलों के पकने की...
    खबरों के छपने की...

    सोये शहतूतों पर
    रेशम के कीड़ों के
        जगने की
        बुनने की...

और मुझे लगता है
जुड़ा हुआ इन सारी

नींदहीन ध्वनियों से
खोए इतिहासों के
अनगिनत ध्रुवान्तों पर
मैं भी रचनारत हूँ;
झुका हुआ घंटों से
इस कोरे कागज की
भट्ठी पर
लगातार!
अन्धकार! अन्धकार! अन्धकार!

नीला पत्थर

यह टूटा नीला पत्थर
मेरे पास लुढ़ककर
रोज चला आता है!
कहता है :
तुम बहुत अकेले थे,
मैं इसीलिए आया हूँ;
उठो,
टहल आएँ,
टूटी बाँसुरी उठा लो!

कहता है :
तुम मेरी छाती पर से
गुजर गए थे एक अँधेरे में;
मैं तुमसे परिचित हूँ,
देखो तो
हाँ, चीन्हो तो,
दिया जला दो!

कहता है :
तुम जिनके ईश्वर हो
वे सब आकर मुझी में तैर रहे हैं!

उन्हें खींचकर
मुझे शून्य कर दो,
बिखरा दो!

मैं यह सब सुनता रहता हूँ।
अब यह नीला पत्थर
मेरे साथ-साथ रहता है!
सोता हूँ तो सिरहाने है,
उठता हूँ,
तो कब से जगा रहा है!
गाने की कोशिश करता हूँ
तो हर शिरा-उपशिरा में
छटपटा रहा है नीला पत्थर!
खाली पत्थर!

जाने कहाँ
कौन पर्वत है!
जिससे रोज लुढ़ककर
मेरे पास चला आता है
नीला पत्थर!

जब मैं कभी अकेला
बहुत अकेला होता हूँ।

दिग्विजय का अश्व

अभी, बिल्कुल अभी,
दिग्विजय का अश्व इस पथ से गया है!
मकानों पर उड़ रही है धूल,
पेड़ थर-थर काँपते हैं!
अभी, बिल्कुल अभी...

हाँ, वही—
बिल्कुल वही था,
कभी हल्के झुटपुटे में जिसे देखा था!
तलहटी में,
घाटियों में,
नींद की खामोश गलियों-पार
जिसकी डूबती टापें सुनी थीं,
हवाओं के साथ—
उड़ते जिसे देखा था!
हाँ, वही था,
वही था यह अश्व,
इस पथ से गया है—
अभी, बिल्कुल अभी!

हाँ, यहीं से—
इसी खिड़की से उसे मैंने पुकारा था!
और वह ठहरा नहीं।
मुड़कर इधर देखा नहीं।
'आह, ठहरो,
दिग्विजय के अश्व!
मैं पहचानता हूँ;
जानता हूँ—
क्या लिखा है उस सुनहले पत्र में—
जो तुम्हारी ग्रीवा बँधा है!
पर रुको तो,
भूलता हूँ मैं कि मैंने कब, कहाँ, किस सिन्धु-तट पर
तुम्हें छोड़ा था?
कब दिये थे पंख ये तुमको?
किधर—
किन विजय-कूलों की दिशा में
तुम्हें मोड़ा था!

आह, ठहरो,
दिग्विजय के अश्व!
हवा से भी,
लहर से भी,
आयु के छिन-पहर से भी—
बहुत आगे, बहुत आगे—
तुम बराबर कहीं अगले मोड़ पर हो;
और मैं चिल्ला रहा हूँ—
आ रहा हूँ! आ रहा हूँ!
तुम जहाँ तक हो वहाँ तक—
हाथ ये फैला रहा हूँ!
आह, ठहरो,

दिग्विजय के अश्व!'
खिड़कियों को तोड़ता,
हर हाँक पीछे छोड़ता,
अभी, बिल्कुल अभी,
अनसुना, अनजान इस पथ से गया है!
आह, कोई उसे रोके,
उसे बाँधे,
झुटपुटे में फिर कहीं वह बिला जाएगा!
चक्रवर्ती कहाँ है वह,
कौन है हम में?
दिग्विजय का अश्व यों ही चला जाएगा!

सुबह : पतझर

झर-झर-झर...
झरती हैं पत्तियाँ सवेरे से
और हवा पागल है!

कौन उसे समझाए,
कौन उसे मना करे।
दूर-दूर कूलों की
ढेरों खबरें लेकर
कमरे में आती है,
कंकड़,
खर-पात और बन-सुग्गों की पाँखें
चुपके से
जेबों के अन्दर धर जाती है!

अनजाने द्वीपों के
नम उदास फूलों की
आकृतियाँ लाती है;
देहरी पर
आँगन में
जी भर बिखराती है!
एक नहीं सुनती है!

गलियों में,
सड़कों पर
चिड़ियों के कच्चे
घोंसले गिरा देती है;
अधभूले खयालों से
लहराते वस्त्रों के
छोर फँसा देती है!
पागल है! पागल है!

मैंने जब मना किया,
पीले पत्ते बटोर
उठकर चुप चली गई
खँडहर की ओर
उधर झाड़ों-झंखाड़ों में,
और अकारण पगली
मुँह पर पत्ते रखकर
हँसती ही जाती थी
हँसती ही जाती थी
ओझल हो जाने तक।

अन्धड़ की प्रतीक्षा

बिकल मन,
ठहरो!
हम उपेक्षा नहीं करते
किसी की आवाज की!
और फिर वह
गली,
सागर-पार
निर्जन—कहीं से भी आय!
खुले हैं हम रोम-रोम
युग-युगान्तर तक
उसे प्रतिध्वनित करने को!
बिकल मन,
ठहरो!

अभी उट्ठेगा जरा-सी देर में
अन्धड़!
फिर चलेंगे घूमने
बाहर!
फिर जहाँ तुम ले चलोगे,
चलूँगा मैं साथ;
हवाओं के थपेड़ों में

एक टूटे हुए रेशे की तरह
पकड़े तुम्हारा हाथ!

बिकल मन,
ठहरो!

सुनो,
अपनी धमनियों पर कान रखकर
सुनो,
इस चिलकती दोपहर में
गिर पड़ी हैं घंटियाँ सारे शहर भर की!
खोलकर सब झरोखे,
ये द्वार, रोशनदान सारे
हम प्रतीक्षा कर रहे हैं
एक अन्धड़ की!

बादल ओ!

[1]

हम नए-नए धानों के बच्चे
तुम्हें पुकार रहे हैं
बादल ओ! बादल ओ! बादल ओ!

हम बच्चे हैं,
चिड़ियों की परछाईं पकड़ रहे हैं उड़-उड़,
हम बच्चे हैं,
हमें याद आई है जाने किन जनमों की,
आज हो गया है जी उन्मन!

तुम कि पिता हो!
इन्द्रधनुष बरसो
कि फूल बरसो
कि नींद बरसो!
बादल ओ!

हम कि नदी को नहीं जानते!
हम कि दूर सागर की लहरें नहीं माँगते!
हमने सिर्फ तुम्हें जाना है,
तुम्हें माँगते हैं!

आर्द्रा के पहले झोंके में
तुमको सूँघा है,
पहला पत्ता बढ़ा दिया है!
लिये हाथ में हाथ हवा का
सन्ध्या की मेड़ों पर घिरते तुमको देखा है,
होंठों से विवश छू लिया है!

ओ सुनो, बीजवर्षी बादल!
ओ सुनो, अन्नवर्षी बादल!
हम पंख माँगते हैं!
हम नए फेन के उजले-उजले
शंख माँगते हैं!

हम बस कि माँगते हैं
बादल! बादल!
घर बादल
आँगन बादल
सारे दरवाजे बादल!

तन बादल
मन बादल
ये नन्हे हाथ-पाँव बादल!
हम बस कि माँगते हैं
बादल! बादल!

[2]

तुम गरजो
पेड़ चुरा लेंगे गर्जन!
तुम कड़को
चट्टानों में बिखर जाएगी वह कड़कन!

तुम बरसो
फूट पड़ेगी प्राणों की उमड़न-कसकन!
फिर हम अबाध भीजेंगे,
झूमेंगे!
ये हरी भुजाएँ
नील दिशाओं को छू आएँगी!
फिर तुम्हें बनों में पाखी गाएँगे;
फिर नए जुते खेतों से
हवा-हवा बस जाएगी!

फिर नयन तुम्हें जोहेंगे
जूही के जादूबन में,
परियों के देश,
साँझ के सूने टीलों पर;
फिर पवन-अँगुलियाँ
तुम्हें चीन्ह लेंगी पौधों में;
पत्तों में
कत्थई कोंपलों में!

तुम कि पिता हो!
कहीं तुम्हारे संवेदन में भी तो यही कम्प होगा
जो हमें हिलाता है!

ओ सुनो, रंगवर्षी बादल!
ओ सुनो, गन्धवर्षी बादल!
हम तुम्हें माँगते हैं!
हम अधजनमे धानों के बच्चे
तुम्हें माँगते हैं!

जल-हँसी

हँस दी वह सुबह-सुबह
सिहरते जलाशय के लहरदार पानी में,
बालू पर,
सूखी जलघासों के इर्द-गिर्द
हल्दी के पानी-सी
हँसी वह फैल गई
दूर-दूर लहरों में,
लहरों की भीतरी गुफाओं-कन्दराओं में
गूँजती चली गई!

यात्री मैं
देखता रहा केवल
पानी में झुकी हुई
धूप की टहनियों की,
गहरे-गहरे धसतीं
पंक्तिबद्ध चिड़ियों को।

और तभी पूरब की धुन्धभरी चुप्पी से
एक धुन उठी,
और ऊँघते जलाशय को

रौंदती चली गई
बेंत के निकुंजों में।

यात्री ने सुना,
और उस बूढ़े बरगद के भीतर से
बोल उठा :
सुबह के स्वच्छ नील पानी में धुली हुई
उच्छल हँसी ओ सुनो,
नाम नहीं पूछूँगा!

मैं तो हूँ
संवेदन-दरपन जलाशय का,
खंड-खंड होकर भी
जीवन के बिल्कुल अन्तिम धुँधले छोर तक;
समय के आर-पार गूँजती अनामा
यह हँसी
पकड़ रक्खूँगा!

दीपदान

जाना, फिर जाना,
उस तट पर भी जाकर
दिया जला आना!
पर पहले अपना यह आँगन कुछ कहता है!
उस उड़ते पल्ले से
अड़हुल की डाल बार-बार उलझ जाती है!
एक दिया वहाँ भी जलाना!
जाना, फिर जाना!

एक दिया वहाँ
जहाँ नई-नई दूबों ने कल्ले फोड़े हैं;
एक दिया वहाँ
जहाँ उस नन्हे गेंदे ने
अभी-अभी
पहली ही पँखड़ी बस खोली है!

एक दिया वहाँ
जहाँ गगरी रक्खी है!
एक दिया वहाँ
जहाँ बर्तन मँजने से गड्ढा-सा दिखता है!
एक दिया वहाँ
जहाँ अभी-अभी धुले

नए चावल का गन्धभरा पानी फैला है!
एक दिया उस घर में
जहाँ नई फसलों की गन्ध छटपटाती है
एक दिया उस जँगले पर—
जिससे दूर नदी की नावें अक्सर दिख जाती हैं!

एक दिया वहाँ
जहाँ धवरा बँधता है;
एक दिया वहाँ
जहाँ पियरी दुहती है;
एक दिया वहाँ
जहाँ अपना प्यारा झबरा
दिन-दिन भर सोता है!

एक दिया
उस पगडंडी पर
जो अनजाने कुहरों के पार
डूब जाती है!
एक दिया
उस चौराहे पर
जो मन की सारी राहें
विवश छीन लेता है!

एक दिया।
इस चौखट,
एक दिया
उस ताखे,
एक दिया
उस बरगद के तले जलाना!
जाना, फिर जाना!

खोल दूँ यह आज का दिन!

खोल दूँ यह आज का दिन!
जिसे
मेरी देहरी के पास कोई रख गया है
एक हल्दी–रँगे
ताजे,
दूरदेशी पत्र–सा!

थरथराती रोशनी में
हर सँदेसे की तरह
यह एक झटका सँदेसा भी
अनपढ़ा ही रह न जाए,
सोचता हूँ
खोल दूँ!
इस सम्पुटित दिन के सुनहले पत्र को
जो द्वार पर गुमसुम पड़ा है
खोल दूँ!

पर एक नन्हा–सा
किलकता प्रश्न आकर
हाथ मेरा थाम लेता है!
कौन जाने क्या लिखा हो!

(कौन जाने अँधेरे में—
दूसरे का पत्र मेरे द्वार कोई रख गया हो!)
कहीं तो लिक्खा नहीं है
नाम मेरा
पता मेरा,
आह, कैसे खोल दूँ!

हाथ
जिसने द्वारा खोला,
क्षितिज खोले,
दिशाएँ खोलीं,
न जाने क्यों इस महकते
मूक, हल्दी रँगे, ताजे
किरण–मुद्रित सँदेसे को
खोलने में काँपता है!

कमरे का दानव

डरता नहीं हूँ!
मगर उसे जब देखता हूँ;
देखा नहीं जाता है!

आज भी खड़ा है वह
मेरे दरवाजे पर, मेरी प्रतीक्षा में
बड़े-बड़े डैनोंवाला कमरे का दानव!

फूल कब खिलते हैं,
त्योहार कब आता है;
अकस्मात् मौसम किस रोज बदल जाता है!
उसे सब ज्ञात है।

इसीलिए कभी कुछ पूछता नहीं है;
जब बाहर से आता हूँ
चुपके से क्षत-विक्षत डैने उठाकर
मुझे जगह दे देता है!

मानो कहता हो :
'अब बहुत थक गए हो तुम,
योद्धा, विश्राम करो!'

साँझ के धुँधलके में
उठे हुए मेरे ये हाथ
बँध जाते हैं
कभी-कभी उसकी गहरी नीली आँखों से
करुणा बरसती है!
और मुझे लगता है
इससे क्या लड़ना है?

और कभी ऐसा भी होता है
लौटते हुए पथ में
निश्चय कर लेता हूँ—
आज उसे चलकर ललकारूँगा,
लड़ूँगा,
पछाड़ूँगा,
काले-काले उसके पंख तोड़ डालूँगा।

लेकि जब आता हूँ
पाता हूँ उसी तरह
मेरी प्रतीक्षा में द्वार पर खड़ा है वह
कमरे का दानव
अपलक, उदास!

मेरे हाथों से संकल्प छूट जाता है
डरता नहीं हूँ
मगर उसे जब देखता हूँ
गुमसुम, अपलक, उदास
देखा नहीं जाता है!

पूर्वाभास

रात : कहीं
कोई...
मीनार टूटने की आवाज
इधर आई थी!

क्या यह सच है?

सुबह :
एक मन्दिर के पास
किसी अजनबी फरिश्ते के
पंख पड़े दीखे थे!

क्या यह सच है?

दोपहर :
किसी टूटे दरवाजे से होकर
सोने के रथों का
जुलूस एक गुजरा था!

क्या यह सच है?
शाम :

किसी बच्चे ने
बुद्ध–मूर्ति के आगे
ऊषा का एक नया मंत्र
गुनगुनाया था!

क्या यह सच है?

प्यार-रेखा

एक रेखा
जो कि बँधती ही नहीं है;
कभी तुममें,
कभी मुझमें कौंध जाती है
हम उसी को प्यार करते हैं!

एक इंगित से बराबर
वह हमें
बन, कुंज, झीलों-हंसकूलों पर बुलाकर
खुद न जाने किस गहन में
चली जाती है!
और हम प्रतिदिन कहीं,
जाकर किसी संकेत तक
लम्बी प्रतीक्षा के बाद
घर को लौट आते हैं!

और जब हम बैठते हैं
गुलमुहर की ओट में,
मधुमक्खियों के गूँजते आकाश के नीचे
चटखती पत्तियों के ढेर पर;
हम इसे जानें न जानें

वह हमारे बीच आकर
हमें थोड़ा-सा हटाकर
बैठ जाती है।

और जब हम बोलते हैं
बात होंठों पर तनिक निश्शब्द रखकर
तोलते हैं;
न जाने कैसे, कहाँ से,
वह हमारे शब्द लेकर
हमें छूँछा अर्थ देकर
हमारी ही मुट्ठियों से
एक जीवित सोनचिड़िया-सी
फुदकती भाग जाती है!

घास-मिट्टी से उठाकर
हम उसी की रोपते हैं
कभी गमले में,
कभी सूनी हथेली पर,
कभी एकान्त, गीले इन्द्रधनु की—
मेड़ के ऊपर!
बिरल,
कोई अकल्पित
अछूता आकार देने के लिए!

एक बच्चे की तीन कविताएँ

इन्द्रधनुष

छत पर आकाश
आकाश में
            रखी हुई
सतरंगे बाँस की टेढ़ी-सी कुर्सी!
कुर्सी में
मैं हूँ।

शिकार

एक तारीख
दब गई मेरी तसवीरों की कॉपी में;
मँडलाती तितली-सी
नंगी
भयतीय

घर में

खेल के बाद
ताखे पर
सोया है
थका हुआ

घास का भूरा मैदान
और मैं बार-बार
फेंक दिया जाता हूँ
(अपने ही पैरों से)

हवा-भरी गेंद-सा
बाहर अँधेरे में
पहुँच के पार।

मैं नहीं हूँ मंत्रद्रष्टा

मैं नहीं हूँ मंत्रद्रष्टा
पर खुली संवेदना से
दिशाओं को सूँघकर
पहचान लेता हूँ
कहीं—
        वह सात परतों के तले
        सोया हुआ मणिकूल;
जिस पर
हर नया इतिहास का दिन
जन्म लेता है!

नहीं गुजरा कभी
तारों की अजानी घाटियों से,
किन्तु अपने झरोखे से
हवाओं की ओर छूकर
पकड़ लेता हूँ
        बिकल
        वह अँधेरे की धमनियों में
        उतरता संकेत
        जो हर क्षण बदलता है!

नहीं देखे कभी
अपनी ओस भीगी क्यारियों में
चमकते
    ताजे पड़े
    पदचिह्न
  ऋतुओं के;

पर अँधेरे कलेंडर पर
काँपता-सा हाथ रखकर
बता सकता हूँ सहज
    वह एक निश्चित
    दूरगन्धी
    तिथि
    पहर
    आलोक-क्षण
    मेरे पड़ोसी बकुल में
    जब फूल आते हैं!

नए वर्ष के प्रति

ओ अपरिचित!
लाओगे! क्या लाओगे!
गन्ध पहले बौर की
या फूलों पर चढ़ते सुनहरे रंग।
स्पर्श हाथों का नया
या सर्द पान-सी छुअन
                निस्संग।
लाओगे! क्या लाओगे!
बन्द कमरे
याकि दरवाजों भरी दीवार।
शर्त नंगे झरोखों की
याकि गलियों-पार
                झोंकों की उदास पुकार।
लाओगे! क्या लाओगे!

अनछुए तट
याकि रस्तों के नए भटकाव
धूपगन्धी पंख चिड़ियों के
कि टूटे आँधियों के पाँव!
लाओगे! क्या लाओगे!

नया कोई शब्द
शाखों के लिए
या फिर वही की वही कूक
अनाम।
नए समझौते
कि बँधती और खुलती मुट्ठियाँ
निष्काम।
लाओगे! क्या लाओगे!

निहाई पर चोट घन की
याकि छेनी से निकलते
फूल, आँसू, ऋतुएँ
मन के रुँधे सब बोल।
गिरे पालों की उदासी
याकि जल के आइनों में
काँपता भूडोल!
लाओगे! क्या लाओगे!

नई चा की प्यालियों में
तैरता दिन,
याकि उड़ती भाप।
चोट खाए बादलों की
टूट-टूक जिजीविषा,
या फिर अजनमे स्वरों का
चढ़ता हुआ आलाप।

लाओगे! क्या लाओगे!
ओ अपरिचित!

दरपन से एक निजी बातचीत

दरपन बोला :
हाँ रोज—
रोज की तरह आज भी फूल तोड़ लाए हो तुम;
पर रोज-रोज यह आखिर क्यों?
किसकी खातिर?

मै बोला :
मैं क्या जानूँ!
जाने कौन डाल देता है इन फूलों को
मेरी जेबों में
आते-आते!

दरपन बोला :
माना,
लेकिन यह फूलों का सिलसिला
कहाँ तक जाएगा?

मैं बोला :
फूलों से पूछो!

दरपन बोला :
इस बेला में
जाने तुम किसकी रोज प्रतीक्षा करते हो?

मैं बोला :
मुझको पता नहीं।

दरपन बोला :
हाँ, तुम्हें पता क्यों होगा,
जब—जैसे-जैसे दिन बीता
मैं भी बीता हूँ!

मैं मौन रहा।

दरपन बोला :
तुमने जो पत्र लिखे;
मैंने भी लिक्खे हैं!

मैं मौन रहा।

दरपन बोला :
तुम जिसे प्यार करते हो,
मैं भी करता हूँ!

मैं तनिक हिला।

दरपन बोला :
तुम जिसकी रोज प्रतीक्षा करते हो;
मैं भी तो करता हूँ!

मैंने पूछा :
क्या तुमने उसको देखा है?

दरपन बोला :
हाँ, देखा है,
तुम कभी याद करते हो—
तो वह मुझे चीर जाती है;
पतली रेखा है!

मैंने पूछा :
क्या दर्द तुम्हें भी होता है?

दरपन बोला :
हाँ, तुम्हें जब कभी होता है।

मैंने पूछा :
क्या कभी-कभी
तुमने भी अपनी जेबों में
ये फूल अजनबी देखे हैं?

दरपन बोला :
वे सब—
जो तुमने फेंके थे;
मैंने सहेजकर रक्खे हैं!

मैं बोला :
लो, यह एक और रख लो,
कल फिर मैं लाऊँगा!

दरपन बोला :
रहने दो!
रहने दो!
मैं इतने फूल कहाँ रख पाऊँगा!

मैं बोला :
दरपन,
देर हुई,
अब सो जाओ,
हाँ, आँखें कड़वाती होंगी!

बोला :
जाता हूँ,
इस समय रोज आती है वह,
आती होगी! आती होगी!

चाँदनी में मैं

चाँदनी में बह गए हैं पेड़
रस्ते,
मोड़,
कहीं गहरे मिल रहे हैं
एक चुप अनबूझ
लय में—

अँधेरा
इतिहास
खुशबू, पत्तियों का
शोर।

और मैं सबसे अलग
अस्तित्व के पीछे कहीं
अनगिनत जन्मों-पार

प्रतीक्षित
लेटा हुआ हूँ
किसी नीलम-ढाल पर
सप्तर्षि-मंडल के
तले

बेनींद
बिन आकार!

मत सुनो,
ओ मत सुनो,
ये दूरव्यापी
शब्द मेरे
यह गुफाओं में भटकती
अर्थहीन पुकार!
पी गया हूँ मैं कि जैसे
एक नक्षत्रों भरा सागर
गरजता, दुर्निवार!

उठाए चुप
एक टूटा वृक्ष
कन्धों पर
दौड़ आया हूँ
सभी पहचान-गलियों में;
पकड़ ली है नदी मैंने

एक टहनी की तरह
पाँचों अँगुलियों में!

बाँध लो
ओ, बाँध लो
सन्दर्भ से छूटे हुए
ये साथ मेरे तैरते-से
घर, मुहल्ले, गाँव!

कौन जाने
किस शिखर पर
एक टूटी नाव-सा
मुझको उठाकर
फेंक देगा
यह पिघलते सितारों का
अन्तहीन बहाव!

पपीहा-दिन

पपीहा-दिन
　　आ गए!
फिर
　　पपीहा-दिन आ गए!

गुफा-कोटर
कुआँ-पोखर
　　एक स्वर के सूत से
सब ओर-छोर
　　मिला गए!
फिर
　　पपीहा-दिन आ गए!

बाँसुरी अपनी
　　लुका रक्खो
छिपा रक्खो
　　कहीं;
　　बिन छुए
पगली अचानक
　　पिहक उट्ठेगी!

प्रार्थना
मन की
दबा रक्खो, दबा रक्खो
कह

हर गली
हर डगर बरबस
महक उट्ठेगी!
धूल, पत्तों; अन्धड़ों में,
ये तुम्हें भटकाएँगे,
दौड़ाएँगे,
छिप जाएँगे
इनका ठिकाना क्या!

यहाँ बैठे,
वहाँ गाया,
उधर जाकर छा गए!
ये पपीहा-दिन
आ गए।

फिर
पपीहा-दिन
आ गए!

उष:दान

सुबह नीले व्योम से
हवा का फेंका हुआ
जो धूप का गुच्छा
अचानक गिरा मेरी मेज पर;
जी हुआ
उस मुलायम मासूम गुच्छे को उठाकर
जेब में रख लूँ,
बन्द शीशे में सजा दूँ,
बहुत भली चिट्ठियों के
बीच में धर दूँ।

पर न जाने क्यों!
उठा,
उठकर उसे अपनी अँजुरियों में भर लिया,
और जाकर झरोखे के पास
अनबोले,
वे—
कि जो अनजान बन-पथ
खोह, निर्जन घाटियों में
बिना मन्दिर के—कहीं भी
उष:अभिमुख झुक गए थे;
धूप का गुच्छा
उन्हें मैंने समर्पित कर दिया!

जीने के लिए कुछ शर्तें

जरूरी
हम जहाँ हों,
वहाँ से दिखता रहे वह झिलमिलाता
क्षितिज
जो केवल हमारा है!
हम बढ़ाएँ हाथ
तो खुल जाए
बाहर रास्ते की ओर
कोई द्वार सहसा!

झुकें
तो बिल्कुल अयाचित
सामने की मेज से,
या बगल के आहट भरे
आलोक-उत्सुक दराजों से
एक उत्तर फूटकर
हमको चकित कर जाए!
जरूरी है!

जरूरी है
सोचते-से हम लगे हों काम में,

पर अन्तरालों से
कभी कोई कबूतर निकल जाए,
कभी कनखी से अचानक
दूर मन्दिर–कलश की
कुछ लहरियाँ दिख जाएँ
जरूरी है!

जरूरी है
सरहदों पर कहीं हो अनुगूँज,
जो अस्तित्व के हर तार से होकर
गुजरती रहे;
कहीं हों परछाइयाँ
जिनसे हवा में
खयालों के कोण बनते रहें;
कहीं हो सम्भावना
जो हर थकन के बाद हमको
बोलने के लिए बातें,
तोड़ने के लिए तिनके,
बैठने के लिए
थोड़ी–सी जगह दे जाए!
जरूरी है!

हम जो सोचते हैं!

न रास्ता कहीं मुड़ता है
न सड़कें कहीं जाती हैं!

'हम'—
एक जयघोष हैं
जिसे हवा
घर से चौराहे तक
दिन भर भटकाती है!

हर नया दिन
एक समझौता है
जो हमें जोड़ता है;
और घंटे की हर चोट
कहीं न कहीं
अलगाती है!

एक गति है
जो हमसे छूटकर
नगर की तमाम घड़ियों से परे
कहीं चलती चली जाती है!

हर जेब के भीतर
कुछ दबे-दबे फूल हैं,
और हर फूल के नीचे
एक मरी हुई भाषा
जिसे सूरज समझता है!

एक वाद्य है
जो देर-देर तक
हमारे नृत्य और लयों के बाद
कहीं सूने में
बजता है!

समुद्र
वहाँ नहीं है
जहाँ दिन के सतरंगे घोड़े
उतरते हैं;

वह हमारे आसपास,
हमारी छाती में,
हमारे बन्द पन्नों के भीतर है;
जहाँ रात के सन्नाटे में
हम सोचते-से रहते हैं!

सूर्योदय
चाहे एक
खाली गुलदस्ता हो,
चाहे एक आघातहीन
ताजा समाचार!
पर निस्सन्देह हर बार
वह एक हल्का-सा उत्तर है!

हम चुप हों
पर वह मौन
बच्चे सुनते हैं;

और यों
हमारा हर शब्द
किसी नए ग्रहलोक में
एक जन्मान्तर है!

●●●

मीरा
मंज़रनामा

मीरा

मंज़रनामा

गुलज़ार

राधाकृष्ण प्रकाशन

ISBN : 978-81-7119-881-8

मीरा
© गुलज़ार

पहला संस्करण : 2004
दूसरा संस्करण : 2023

मूल्य : ₹ 695

प्रकाशक
राधाकृष्ण प्रकाशन प्राइवेट लिमिटेड
जी-17, जगतपुरी, दिल्ली-110 051
शाखाएँ : अशोक राजपथ, साइंस कॉलेज के सामने, पटना-800 006
पहली मंजिल, दरबारी बिल्डिंग, महात्मा गांधी मार्ग, प्रयागराज-211 001
1, अनमोल सोराबजी संतुक लेन, धोबी तलाव, मरीन लाइंस, मुम्बई-400 002
वेबसाइट : www.radhakrishnaprakashan.com
ई-मेल : info@radhakrishnaprakashan.com

मुद्रक
विकास कंप्यूटर एंड प्रिंटर्स
ट्रॉनिका सिटी-201102

MEERA
by Gulzar

'प्रेमजी' को सप्रेम
जिनकी लगन और विश्वास के बिना
शायद यह फ़िल्म पूरी न हो पाती।

गुलज़ार

अनुक्रम

बात 9

शुरुआत 45

निवेदन 53

मंज़रनामा 61

बात

शाख पर जब धूप आई
हाथ छूने के लिए
छाँव छम् से नीचे कूदी
हँस के बोली, आइए

मद्धम सी रोशनी में किसी खुशनुमा मौसम-सी गन्ध, किताबें ही किताबें। ठंडक भी, खुशगवार ख़ामोशी भी। वही कुर्ता, वही मोटी फ्रेम का चश्मा, वही मुस्कान और वही गम्भीरता। हल्का-सा अनुनासिक स्पर्शवाला, साफ, गहरा और किसी मानी में झंकृत कर देनेवाला स्वर। धीमे-धीमे उठकर आते शब्द जो न कुछ तोड़ते हैं, न बनाने का दम्भ लेकर आते हैं, बस कुदरतन माहौल में मिलते जाते हैं। आप एक कवि के सामने बैठे हैं, जिसने कविता जैसी फ़िल्में बनाई हैं या ऐसे आदमी के सामने बैठे हैं, जो फ़िल्मों की व्यावसायिक मार-काट से भरी दुनिया में अपना एक संवेदनशील कोना बचाए हुए बैठा है। वह कोना, सिर्फ़ कोना ही नहीं है एक भरोसा है जिसने अपनी—पूरे माहौल पर छा जानेवाली—प्रतिष्ठा से कई धारणाएँ तोड़ी हैं, पूर्वग्रह खत्म किए हैं और नई अर्थवत्ता देने की कोशिश की है। उसके चाहनेवालों के मुताबिक, कैमरे की आँख से भी उसने कविताएँ ही लिखी हैं। कहानियों के मर्म को अपना स्पर्श देकर फ़िल्म में चाक्षुष विस्तार की अद्‌भुत बुनावट की है। संवादों और गीतों में पात्रों को जीवन्त करते, उनकी अनुभूतियों को जो वाणी दी है, वह महसूस करने की प्रक्रिया में शब्द दर शब्द अपना प्रभाव रोपती चली जाती है।

वे पढ़ रहे हैं :

कन्धे झुक जाते हैं बोझ से इस लम्बे सफर के
हाँफ जाता हूँ मैं जब चढ़ते हुए तेज़ चढ़ानें

साँसें रह जाती हैं जब सीने में इक गुच्छा-सा होकर
और लगता है कि दम टूट ही जाएगा यहीं पर
एक नन्ही सी नज़्म मेरे सामने आकर
मुझसे कहती है मेरा हाथ पकड़कर, मेरे शायर
ला, मेरे कन्धों पे रख दे, मैं तिरा बोझ उठा लूँ

कमरे के पर्दे हिलते हैं। एक सरसराहट के साथ। कुर्ते की बाँह दबाकर कुहनियों पर खींचने से दबाए-दबाए बनी सलवटों में एक उँगली डालकर एक गहरी साँस खींचें और छोड़ दें। चाहें तो क्लोज़-अप, लांग शाट या डिज़ाल्व कहकर बुलाएँ, गुलज़ार के भीतर के मूड सामने आ रहे हैं, 'एक आदमी की शख़्सियत में कई कम्पार्टमेंट होते हैं। जिस वक़्त जिसे खोला जाए, जिस हिस्से पर रोशनी पड़े, उतना हिस्सा उजाले में आ जाता है और बाक़ी अँधेरे में डूबा रहता है।'

पहला स्विच ऑन करें

इस वक्त रोशनी में यह शायर का चेहरा है।

'...ज़रूरी नहीं कि शाम की शफ़क आप भी उसी तरह देखें, जैसें मैं देखता हूँ। ज़रूरी नहीं कि उसकी सुर्ख़ी आपके अन्दर भी वही रंग घोले, जो मेरे अन्दर घोलती है। हर लम्हा, हर इंसान अपनी तरह खोलकर देखता है। इसलिए मैंने उन लम्हों पर कोई मुहर नहीं लगाई। कोई नाम नहीं दिया। लेकिन इतना ज़रूर है कि उन लम्हों को मैंने बिल्कुल इसी तरह महसूस किया है जिस तरह कहने की कोशिश की है और बग़ैर महसूस किए कुछ भी नहीं कहा।'

तो शायर ने कलम के साथ कैमरा भी नज़्में लिखने के लिए अपने साथ ले लिया। अब वह जो बिम्ब, जो छवियाँ रचना चाह रहा था, वे नए-नए पहलुओं से प्रकट होने लगीं।

हम दूसरा स्विच ऑन करते हैं

दूसरे कोण से आती रोशनी, उस पूरे चेहरे को रोशन कर देती है, जिसके एक रोशन हिस्से को हमने एक शायर की तरह देखा है, पहला स्विच आन करके। यह वही आदमी है, जिसने कई-कई रूपों में अपनी आत्माभिव्यक्ति की है और कई मनों में घुल गया है। कई-कई चरित्रों का पुनर्सृजन करके

उन्हें अपने से मिला लिया है।

अरसे पहले 'माधुरी' के 'सात सुरों के मेले' में किसी समीक्षक ने लिखा था—ज़िन्दगी की तलाश में गुलज़ार ने कई दीये जलाए। कुछ जलते हैं, जलते रहेंगे, लेकिन एकाध दीया उसकी अपनी पूरी कोशिश के बाद भी सिर्फ़ यों गन्दुमी उजाला कर रहा है जैसे कि किसी पेड़ का फ़ेड आउट शाट हो। अपने अन्दर निरन्तर लौ उठाते उस चिराग को ईमानदार आशिक फेंक भी नहीं सकता।

माहौल और किरदार

आम फ़िल्मों से गुलज़ार की फ़िल्मों का माहौल अलग है और किरदार भी। फ़िल्मों में वे ज़िन्दगी के करीब आने की कोशिश करते रहे हैं, 'कोई शख़्स पूरा काला नहीं है, कोई पूरा सफ़ेद नहीं है। सन्तों और ऋषि-मुनियों पर जाएँ तो बात और है। जो जीते-जागते इंसान हैं उनकी कमजोरियाँ भी हैं, ख़ूबियाँ भी।'

गुलज़ार की अपनी ज़िद है। इस ज़िद की अपनी प्रतिष्ठा है और इस प्रतिष्ठा की अपनी ऊँचाई है :

'एक फ़िल्म अपने भीतर धारण करना होता है। कोई सब्जेक्ट मुझे छू लेता है। कोई चरित्र आकर्षित करता है। किसी घटना की जटिलता में मैं अपनी सम्भावनाएँ खोजता हूँ। उलझे हुए सूत्र सुलझाने की कोशिश चलती है। एक चित्र उभरकर आता है। फिर उचित अवसर आते ही प्रकट हो जाता है।'

किरदारों के बारे में गुफ़्तगू हो।

वे अपना इरादा, नीयत व दिलचस्पी साफ़ करें। रिश्तों के जितने आयाम होते हैं, हर्ष और विषाद होते हैं, उनके जरिए उन पर जाएँ। गन्ध महसूस करें, स्पर्श जिएँ।

वे डायरी का एक पन्ना पढ़ते हैं—'इमेजेज'

मैं भी उस हाल में बैठा था
जहाँ परदे पर इक फ़िल्म के किरदार

जिन्दा जावेद नज़र आते थे
उनकी हर बात बड़ी, सोच बड़ी, कर्म बड़े
उनका हर एक अमल
एक तम्सील थी सब देखनेवालों के लिए
मैं अदाकार था उसमें
तुम अदाकारा थीं
अपने महबूब का जब हाथ पकड़कर
तुमने
ज़िन्दगी एक नज़र में भर के
उसके सीने पे बस इक आँसू से
लिखकर दे दी
कितने सच्चे थे वो किरदार
जो परदे पर थे
कितने फ़र्जी थे वो दो, हाल में बैठे साए।

...वो फ़र्जी साए कौन से थे, वो सच्चे किरदार कौन से थे। खिड़की से रोशनी की एक और किरण गिरती है। तकनीक के बड़े-बड़े काले-काले डब्बों में न जाने कितने लोग चलते-फिरते साए बनाते हैं जिसे अमूमन हम फ़िल्म मेकिंग कहा करते हैं। असल में डब्बों में कुछ नहीं होता। होता है उसमें जो रोशनी की किरण गुज़ारने के तरीके तय करता है। इस तरह जब किरणें गुज़र जाती हैं, कुछ साए हाथ में आते हैं। यह फ़िल्म होती है, सिनेमा होता है, अँधेरे हॉल में ज़िन्दगी का कोई जीता-जागता लम्हा होता है। मगर एक तकनीक तो है ना। इस तकनीक को अपने हुनर से अपनी तरह बना लेना होता है। ये तकनीक क्या है ? थोड़ा हटकर, रूमान से उतरकर इस तिलस्म के टुकड़े करके देखें।

बातचीत खुले उजाले में आ जाती है।...

यशवन्त व्यास : *एक अर्थपूर्ण सिनेकृति क्या होती है ?*

गुलज़ार : अगर हम किसी को इस बात पर विवश भी कर सकें कि वह सच्चाई को ढूँढ़े तो यह बात खुद में एक अच्छाई बन जाती है। एक सवाल उठाना या ज़िन्दगी का एक टुकड़ा सामने रख देना जिसमें कुछ कड़वे सच हों या कि आप ज़िन्दगी के मानी ढूँढ़ने पर मजबूर हो जाएँ—तो यह

अपने आपमें एक अर्थपूर्ण रचना हो सकती है। मूल्य क्या है—इसकी तलाश भी एक अच्छी फ़िल्म में बदल जाती है। आप समझ सकते हैं, उसका विश्लेषण कर सकते हैं, अर्थ निकाल सकते हैं, लेकिन फ़िल्म देखना कोई व्याख्या करने बैठने जैसा तो नहीं है। जैसे कोई गणित का प्रश्न है, जिसे हल करें और जवाब ढूँढ़ें ? मुझे मनुष्य नामक प्राणी से बेइन्तहा प्यार है। इंसानी रिश्तों की पड़ताल मेरी फ़िल्मों का केन्द्रीय विषय रहा है। जीवन् के निकटतर जाने की इच्छा ही मेरी कृतियों का कारण है।

यशवन्त : *आप लिखते हैं तो सीधे सीन लिखते हैं या पहले पूरी कहानी...क्योंकि आप एक साथ डायरेक्टर भी होते हैं और पटकथा लेखक भी ?*

गुलज़ार : कहानी का स्केच तो निश्चित ही पहले बना लेते हैं। उससे फ़ायदा यह होता है कि कोई चीज़ चूकती नहीं है। जब आप कहानी बना लेते हैं तो किरदार भी सामने आ जाते हैं। उन चरित्रों की विशेषताएँ और विस्तार, डिटेल्स पता लगने लगते हैं। उनका गुण तथा चारित्रिक व्यवहार पता चलने लगता है। जब स्क्रीन प्ले लिखते हैं तो कई बार और कैरेक्टर्स भी निकल आते हैं। कुछ जुड़ते जाते हैं, कुछ दो मिलकर एक हो जाते हैं या एक के दो बन जाते हैं, कभी-कभी एक ही कैरेक्टर में कई विशेषताएँ मिल जाती हैं। इस तरह दृश्यों की मदद से कहानी की सशक्त प्रस्तुति के अनुरूप स्क्रीन प्ले आकार लेता है। मैं पूरी स्क्रिप्ट पहले लिख लेता हूँ। यहाँ तक कि उसमें पूरी मूवमेंट तक लिखी होती है कि कहाँ कैरेक्टर साँस लेता है। कहाँ से कौन सी चीज़ उठाकर वह कहाँ रखता है। मैं इस टोटल स्क्रिप्ट के बगैर सैट पर नहीं जाता।

यशवन्त : *यह स्क्रिप्ट क्या होती है ?*

गुलज़ार : मूलतः स्क्रिप्ट या पटकथा वह है जिसमें किसी कहानी को दृश्य दर दृश्य ब्रेकडाउन किया जाता है। जैसे आपने तो कह दिया कि 'वह बाजार गया और वहाँ से कुछ सब्जियाँ ले आया। बाज़ार में अरुण से मुलाकात हुई। उसने कहा, शाम को घर आ जाना।' मगर बाजार में जब वह सब्जी ख़रीद रहा था तो अरुण क्या कर रहा था ? कैसे मिला ? इस सबको दृश्यगत दिलचस्पी के साथ लिखना होगा, क्योंकि दृश्य के सन्दर्भ में यह सिर्फ़ सूचना नहीं है कि आपने कह दिया और हो गया। ऐसा कुछ होना चाहिए

कि चरित्र और घटना का पारस्परिक सम्बन्ध और पृष्ठभूमि भी मालूम हो जाए। दृश्य से दृश्य का रिश्ता बने और आप सीन बना लें तो उसे बैकग्राउंड भी दें...ये स्क्रीन प्ले हुआ। शूटिंग स्क्रिप्ट उसके बाद शॉट दर शॉट डायरेक्टर बनाता है। प्रोडक्शन स्क्रिप्ट अलग होती है। तमाम फ़िल्मों में ऐसा होता है।

यशवन्त : *जैसे आपने कोई कथा चुनी, उसका कैरेक्टर आपको छू गया, उसके लिए फ़िल्म की कास्टिंग भी तो महत्त्वपूर्ण होगी। आपने खुशबू के लिए हेमामालिनी ही चुनीं और मीरा के लिए भी...तो क्या कैरेक्टर को ट्रीट करते वक्त ही उसकी कास्टिंग भी दिमाग में आ जाती है ?*

गुलज़ार : मैं हमेशा स्क्रिप्ट पूरी करने के बाद कास्टिंग करता हूँ। हालाँकि अमूमन इंडस्ट्री में तरीका यही है कि कास्टिंग पहले कर लेते हैं क्योंकि वे ज्यादातर कास्ट पे बेचते हैं। मीरा में दो चीज़ें पहले से आ गई थीं। जिस वक्त निर्माता प्रेमजी 'मीरा' बनाना चाह रहे थे तब वे हेमा से बात कर चुके थे। दूसरे, लक्ष्मीकान्त प्यारेलाल से भी। यानी जब ये पूरा प्रोजेक्ट मेरे पास आया तब उसमें ये दोनों चीज़ें पहले से थीं। फ़िल्म मुझे बनानी थी और हेमा की स्टार वैल्यू के आधार पर उन्हें फाइनेंस मिल रहा था। बात ये तय हुई कि पहले स्क्रिप्ट बनाकर देखें। बनी तो लगा कि या तो कोई नया चेहरा ले लो, वरना हेमा ठीक है। हेमा के व्यक्तित्व में जो शाही, रीगल स्टेचर है वो कैरेक्टर को सूट करता है क्योंकि 'मीरा' एक शहज़ादी से कैसे सन्त बनीं इसकी कहानी है। कहानी ही है कि एक प्रिंसेस के हाथ में एकतारा कैसे पहुँचा ? इस सारी पृष्ठभूमि को देखा तो हेमा ही ठीक लगीं।

यशवन्त : *बाकी जो कैरेक्टर थे जैसे भोजराज...?*

गुलज़ार : इसकी भी दिलचस्प कथा है। भोजराज की भूमिका का डोला सबसे पहले अमिताभ के यहाँ गया था। स्क्रिप्ट पूरी होते ही उनसे बात हुई थी। लेकिन, बाद में शायद उन्होंने सोचा हो कि कहानी तो ज़ाहिर है मीरा की है, टाइटल रोल उनका नहीं है और चूँकि उस समय वो शिखर पर थे तो सोचा हों कि शायद राणा का ऐसा रोल उन्हें सूट न करे। उन्होंने मुझसे तो नहीं कहा, मगर शायद प्रेमजी से बात कर ली। क्योंकि प्रेमजी ने मुझसे कहा, उन्हें रहने दीजिए, उनकी कोई प्रॉब्लम होगी। हम किसी और को देखते हैं।

यशवन्त : *स्क्रिप्ट जब बनी तो ज़ेहन में सिर्फ़ उन्हीं का नाम था ?*

गुलज़ार : नहीं, स्क्रिप्ट करने के बाद सोचा था कि किसी नए चेहरे को लेना है। लेकिन, यदि ऐसा न हो सके तो ऐसा आदमी लेंगे जो पूरे सैटअप में फिट हो और उसकी उपस्थिति फ़िल्म को बेच भी सके। प्रेमजी की समस्या यह थी कि उन्हें जो फ़ाइनेंस मिल रहा था वह नए चेहरों पर नहीं मिलता। इस तरह की बहुत सी सीमाएँ होती हैं। फ़िल्म बनाना इतना आसान नहीं है जितना दिखाई देता है। एक फ़िल्म के पीछे कई तत्त्व काम करते हैं। आपको उनमें से अपना चुनाव करना होता है। बाद में मैंने विनोद खन्ना से बात की। विनोद तैयार हुए। वे तो यह कहते थे कि 'मैं मीरा की भावनाओं के साथ ज्यादा अच्छा न्याय कर सकता हूँ क्योंकि मैं उस कैरेक्टर की गहराई को महसूस करता हूँ। मैं जानता हूँ कि मीरा को लांछित करना अनुचित था लेकिन वो जो भी दौर था उसमें हुआ।'...विनोद चूँकि उस वक्त आचार्य रजनीश के सम्पर्क में थे इसलिए भी उनका झुकाव अलग था। उनके भीतर कहीं गहरे में इस तरह की प्रकृति है तभी वे एक दार्शनिक भावना के साथ मीरा के चरित्र में इतनी गहराई से स्वाभाविक ही उतरने को उत्सुक हो सके।

यशवन्त : *'मीरा' अनूठा चरित्र है। उसमें इतिहास, मिथ, अध्यात्म सब शामिल हैं। उस चरित्र को लेकर आपकी कृति पर अलग से लम्बी बात सुनना चाहते हैं...पर फिलहाल अभिनेताओंवाले किस्से पर लौटते हैं। लेकिन आपकी तमाम महत्त्वपूर्ण फ़िल्मों में संजीव कुमार केन्द्र में हैं। वे आपकी कहानियों...आपके किरदारों के साथ इस कदर कैसे जुड़े हुए हैं ?*

गुलज़ार : संजीव की रेंज बहुत बड़ी है। उसके साथ जो फ़िल्में की हैं उसमें देखिए उम्र के कितने स्तर एक साथ हैं। युवा, प्रौढ़, बूढ़े...। और, 'कोशिश' के मूक किरदार को याद कीजिए। संजीव को मैं उस ज़माने से जानता था जब वह स्टेज पर 'आल माई संस' किया करता था। वह उस वक्त लीला चिटनीस के पति की भूमिका निभाता था। सिर्फ़ 22 साल का था। तब मैंने एक बूढ़े के तौर पर उसकी अदाकारी देखी। इतना अच्छा अभिनेता था वो कि उस तरह की समृद्ध भूमिकाओं में मुझे सबसे ज्यादा सूट करता था। दो-एक कहानियाँ हैं जिनमें वो सूट नहीं करता था तो मैंने नहीं लिया। इस पर संजीव ने शिकायत की कि तुम्हें ज़रूरत क्या है ऐसी कहानी बनाने की जिसमें मैं नहीं हूँ ?

यशवन्त : *कास्टिंग को लेकर संजीव के साथ क्या कोई समस्या नहीं आई जैसे अमिताभ या विनोद के मामले में आई ?*

गुलज़ार : सिर्फ़ 'अचानक' में संजीव ने मना कर दिया था। उनका सिप्पी साहब के साथ कोई मतभेद हो गया था। डॉक्टर का रोल उन्हें ही करना था। जिसे करने के लिए बाद में दिल्ली से ओम शिवपुरी को बुलवाया। लेकिन कल्पना कीजिए वही रोल अगर संजीव ने किया होता तो पूरी पिक्चर का प्रभाव कुछ और होता। शिवपुरी ने अच्छा काम किया, अच्छे एक्टर थे लेकिन जो प्रजेंस होती है, उपस्थिति होती है वो संजीव के पास थी। एक से दूसरे में उस उपस्थिति का ही फ़र्क होता है।

यशवन्त : *आपकी फ़िल्में देखकर कभी-कभी लगता है कि जब आप लिखते हैं तो दिमाग में संजीव कुमार ज़रूर रहता होगा, या फिर जिस नायक को चुनते हैं वो संजीव कुमार जैसा ही होता है ?*

गुलज़ार : संजीव का तो यह था जिस किसी रोल में डाल दो वो कर जाएगा। वह आपको मायूस नहीं करेगा। कल्पना कीजिए अंगूर में उसकी सहज कॉमेडी...इतनी स्वाभाविकता के साथ हर कैरेक्टर को जीता था कि आपको लगेगा वह कैरेक्टर उसी के लिए बनाया गया है। 'नमकीन' में एक सीन है जिसमें वहीदाजी अपना अतीत सुनाती हैं। इसे देखकर संजीव इतना डूब गया कि बोला, ऐसा कोई पुरुष चरित्र नहीं बना सकते ? ऐसा सीन करने को मेरा जी चाहता है।...ये एक एक्टर की नज़र थी। यह बात मैंने किसी और से नहीं सुनी। मैंने इतने लोगों के साथ काम किया, किसी ने ये नहीं कहा कि ये सीन करने को जी चाहता है ! जो वहीदाजी को मिला वह एक मेल कैरेक्टर के लिए होता तो क्या बात थी। एक सीन को जी लेने की बात करना, कमाल की बात है। यह दुर्लभ है। यही संजीव का गुण था।

यशवन्त : *आपके साथ खास बात यह है कि आप स्क्रिप्ट भी लिखते हैं और डायरेक्ट भी करते हैं। कभी आप अपनी ही स्क्रिप्ट के डायरेक्टर होते हैं तो कभी किसी डायरेक्टर के लिए स्क्रिप्ट भी लिखते हैं।...एक ही आदमी अपने लिए और दूसरे के लिए इन दो भूमिकाओं में कैसे काम करता है ?*

गुलज़ार : देखिए, आप निर्देशित कर रहे होते हैं तो अपने कंसेप्ट पर बने किसी सीन को निर्देशित करते हैं। जब एक कंसेप्ट पर, विचार पर

लिखते हैं तब आप लेखक होते हैं। एक डायरेक्टर के तौर पर की गई कल्पना को सीन में बदलते हैं। झगड़ा तब होता है जब एक अपना कंसेप्ट दूसरे तक न पहुँचा पाए और दूसरा आपको वह दे ही न सके जो आप चाहते हैं। कई बार एक लेखक निर्देशक को वह देने में विफल रहता है जिसे निर्देशक ने चाहा था। मेरा निर्देशक मेरे लेखक से जो माँग करता है उसके हिसाब से उसका मैं पुनर्लेखन करता हूँ। एक डायरेक्टर के तौर पर जो मैंने कंसीव किया है, बीज उठाया है, वह कंसेप्ट तक न पहुँचे तो दोबारा लिखना है। इसमें झगड़ेवाली बात नहीं है, चुनौतीवाली बात है। एक लेखक के तौर पर आपने अच्छा सीन लिखा और डायरेक्टर को उसमें थोड़ी सम्भावनाएँ लग रही हैं तो निभाया जा सकता है लेकिन एक निर्देशक के रूप में आपकी दूसरी कई सीमाएँ होती हैं। आपको तय करना होता है कि आप पूरे प्रोजेक्ट के स्तर पर उसे कहाँ तक निभा सकते हैं। इसमें कास्टिंग, आर्थिक सीमाएँ भी एक हद तक प्रभाव डाल सकती हैं।

यशवन्त : *एक डायरेक्टर साहब का वक्तव्य पढ़ा था कि लेखक कोई चीज़ नहीं होती। जो करता है वह डायरेक्टर ही करता है ?*

गुलज़ार : नहीं, थोड़ा भ्रम है कि फ़िल्म का पूरा कंसेप्ट डायरेक्टर का ही है क्योंकि यह माध्यम डायरेक्टर का है। अगर डायरेक्टर की खूबी है तो लेखक की भी खूबी है। यदि मैं किसी दूसरे डायरेक्टर के लिए लिख रहा हूँ तो उसका कंसेप्ट लेना, विचार बीज को अपनाना, पूरी तरह आत्मसात् करना, फिर उसको क्रिएट करना...इसके बाद डायरेक्टर को देना है। तो फिर आप कहेंगे ना कि बीज कहाँ से आया ? डायरेक्टर से। लेकिन मैं उसे ग्रहण करके, पूरा पकाकर फिर सन्दर्भों के साथ एक दृश्य बनाकर देता हूँ। क्योंकि, वो काम एक डायरेक्टर नहीं कर सकता, वरना फिर वो खुद ही क्यों नहीं लिख लेता ? इतनी सी मगर बहुत बारीक बात यह है कि डायरेक्टर का जो कंसेप्ट है उसे वो लिख नहीं पाता इसलिए आपको कहा जाता है। और, आपकी क्षमता और संवेदनशीलता पर है कि एक लेखक के तौर पर आप उसमें किस तरह फ़र्क ला देते हैं। एक ही निर्देशक के साथ अलग-अलग ल़ेखकों ने पटकथाएँ लिखी हैं और समान गुणवत्ता पर नहीं पहुँची हैं। मिसाल के तौर पर कहूँ कि इतनी फ़िल्में श्याम बेनेगल ने विजय तेन्दुलकर के साथ की हैं उनकी पटकथा का स्तर कुछ और है। और अब, वही विषय हैं, उनके डायरेक्टर भी वही हैं लेकिन स्क्रिप्ट की ऊँचाई में फ़र्क महसूस होता है।

यानी यह माध्यम डायरेक्टर का है इसमें कोई शक नहीं लेकिन उसके कंसेप्ट को उतारने का काम लेखक का है इसमें भी कोई शक नहीं।

यशवन्त : *सलीम जावेद की पटकथाओं को लेकर एक साहब कहा करते थे, एक खास डायरेक्टर के बारे में, कि सब कुछ तो स्क्रिप्ट में लिखा था, डायरेक्टर कोई भी होता तो क्या फ़र्क पड़ जाता ? यहाँ तक कि एक-दो डायरेक्टर तो उनकी स्क्रिप्ट की बिना पर ही चल गए क्योंकि हर चीज़ स्क्रिप्ट में लिखी थी...और बाद में डूब भी गए ?*

गुलज़ार : ये तो निर्भर करता है कि उस डायरेक्टर को कितना आता है। लेखक अच्छा लिखता है या निर्देशक अच्छा निर्देशन करता है। दोनों का ही मतलब है कि वे अपना-अपना काम कितनी अच्छी तरह जानते हैं। डायरेक्टर तकनीकी तौर पर बेशक डायरेक्टर है लेकिन लेखक यदि अपने सीन से निर्देशित कर रहा है तो साफ बात है कि सिर्फ़ नाम बदल गया है। यानी दरअसल जो लेखक है वही डायरेक्ट भी कर रहा है। कंसेप्ट भी उसका है। हर कैरेक्टर की, हर दृश्य की डिटेल भी उसने दी है और दूसरा कोई तकनीकी आदमी है जिसे आप डायरेक्ट कर रहे हैं। आप और हम एक आदर्श निर्देशक को लेकर चर्चा करते हैं या आदर्श लेखक को लेकर। लेकिन सारे निर्देशक आदर्श नहीं हैं और सारे लेखक भी आदर्श नहीं हैं। श्रेष्ठ स्थिति यह है कि डायरेक्टर डायरेक्टर हो और लेखक लेखक, जो एक-दूसरे को गहरे से समझते हों। फ़िल्म लेखन के लिए माध्यम की पकड़ बहुत ज़रूरी है। इसलिए आपने देखा होगा कि साहित्य के बहुत अच्छे रचनाकार फ़िल्मों में असफल होते दिखाई दिए। प्रेमचन्द कोई मामूली लेखक नहीं थे लेकिन फ़िल्म उनका माध्यम नहीं था। इसलिए माध्यम को जाने बगैर आप डायरेक्टर की तलब को भी नहीं जान सकते कि वो क्या चाहता है। दोनों के बीच अगर द्वन्द्व होता है तो माध्यम के सन्दर्भ भी साथ होंगे। अगर आप एक नाटक लिख रहे हैं और नाटक का माध्यम नहीं मालूम है कि यह आकाशवाणी पर जाएगा या स्टेज पर आँखों के सामने खेला जाएगा, तो लेखक की सफलता सन्दिग्ध हो जाएगी। रेडियो के लिए आपने लिख दिया कि सरपट दौड़ता हुआ ताँगा सड़क पर चला गया। ताँगा चला जा रहा है, रास्ते में घोड़े की लगाम थामी और रोक लिया।...यह काम रेडियो पर आवाज से होगा और स्टेज के लिए लिखना होगा तो आपको लिखना पड़ेगा कि सीन की शक्ल और सूरत क्या है। कौन सी ध्वनियाँ सुनाई दे रही हैं, कौन से प्रभाव

इस्तेमाल किए जाएँगे। वरना डायरेक्टर बताएगा कि यहाँ यों करते हैं कि सीन सड़क का है, घोड़े की आवाज़ हो और स्टेज पर घोड़े की आहट इस तरह महसूस हो। ये सब चीज़ें माध्यम के अन्तर से लिखने में बदल जाती हैं। जैसे आपने लिख दिया, "उसने सोचा कि कल घर चला जाऊँगा।" क्या आप वहाँ सब-टाइटल लिखेंगे कि वह सोच रहा है ?...आपको दृश्य में यह बताना पड़ेगा ना कि मन में विचार किस तरह आ रहा है। सोचने की फीलिंग आपको देनी पड़ेगी। यह दृश्य से पैदा करना होगा। दर्शकों तक कैरेक्टर के दिमाग में चल रही बात पहुँचाने के लिए सीन में वो चीज़ पैदा करनी पड़ेगी। आप माध्यम के हिसाब से कैरेक्टर की सूचनाएँ देते हैं। अच्छे डायरेक्टर की खूबी यह होती है कि उस माध्यम का इस्तेमाल करके आपकी बात दर्शकों तक इस तरह पहुँचा दे कि वाह निकल जाए। एक निर्देशक से दूसरे निर्देशक के बीच यही फ़र्क होता है। ये सिर्फ़ माध्यम का अनुवाद नहीं है कि लेखक ने लिखा और डायरेक्टर ने उसका तकनीकी अनुवाद कर दिया या डायरेक्टर ने विचार दिया और उसे लेखक ने सिर्फ़ सीन में अनुवाद कर दिया। दोनों का रचनात्मक अवदान क्या है यह मिलकर ही पूरी चीज़ बनती है।

यशवन्त : *संवाद की स्क्रिप्ट में महत्त्वपूर्ण जगह होती है। संवेदनशील सामाजिक फ़िल्म में डायलॉग किस तरह होने चाहिए ?*

गुलज़ार : सामाजिक फ़िल्मों में पता लगना नहीं चाहिए कि डायलॉग बोला जा रहा है। सहज लगना चाहिए। इसलिए मैं ऐसे लिखता हूँ जैसे आप लोग बोलते हैं। वाक्यों में कंस्ट्रक्शन बदल देता हूँ। स्वाभाविक विराम (पॉज) डालता हूँ। आम बोलचाल की जबान रखता हूँ तब डायलॉग पता नहीं चलता। और, कभी ज्यादा नहीं कहता। ज्यादा लफ्फाजी असर कम कर देती है। हमारी ज़िन्दगी में कुछ ही मोड़ या पल ऐसे होते हैं जिनमें सचमुच नाटकीयता घटित होती है। उन पलों जितना ड्रामा ज़रूरी है, बाकी तो गैरज़रूरी ही है।

यशवन्त : *हम 'नमक हराम' के संवाद लेते हैं। विक्की (अमिताभ) और सोमू (राजेश खन्ना) के बीच की बातचीत है :*

विक्की : रुपया पेड़ों पर नहीं उगता कि जितना माँगो मिल जाएगा।

सोमू : और हाथ भी पेड़ों पर नहीं उगते सेठजी कि एक कट जाए तो दूसरा लग *जाए।*

इसी में एक प्रसंग है। जब सेठ जगन्नाथ अपने बेटे को माफी माँगने के लिए भेज रहे हैं।

सेठ जगन्नाथ : जाओ, जाओ, जो मैं कह रहा हूँ, करो। और सुनो, माफी माँगते वक्त तुम्हारा जो ह्यूमिलिएशन, जो अपमान होगा उसे कभी मत भूलना। वही होगी तुम्हारी शक्ति। इन संवादों को बारीकी से देखें तो मज़दूर-मालिक के बीच के संघर्ष को पढ़ा जा सकता है। पूँजीपति की असली शक्ति कहाँ से आती है वह सिर्फ़ एक संवाद में प्रकट हो जाती है। फ़िल्म हृषिकेश मुखर्जी की थी और आप संवाद लिख रहे थे। जाहिर है कैरेक्टर का चुनाव डायरेक्टर का था। लेकिन इन संवादों में जो अंडर करंट डाला गया है वह प्रोग्रेसिव है। बिना लाउड हुए इसका रास्ता कोई संवाद लेखक कैसे निकाल सकता है।

गुलज़ार : कैरेक्टर को खड़ा करते वक्त डायरेक्टर पूरा बैकग्राउंड आपके साथ शेयर करता है। आपकी अपनी आइडियोलॉजी हो सकती है। अगर वह कहीं शक्ति देती है तो आप उन कैरेक्टर्स में उसे पिरो सकते हैं। तब वह थोपी हुई नहीं लगती। उल्टे उसकी ताकत को खोल देती है। चरित्र एकदम आकार ले लेते हैं। मैंने जो फ़िल्में कीं उनमें अनुकूल स्थितियाँ आईं तो मेरे अपने ऐसे शब्द भी उनमें गए जो स्क्रिप्ट के इरादे से नहीं लिखे गए थे। उपयुक्त स्थितियों के बीच खुद-ब-खुद स्क्रिप्ट में उतर गए। आशीर्वाद में नायक मेरी नज़्म ही पढ़ता है। पलकों की छाँव में नायक अखबार डालने जाता है तो जो पंक्ति बोलता है, आपको याद होगा, एक कविता की पंक्ति से ही आई है। संवाद चरित्रों को एक-दूसरे के पारस्परिक रिश्तों में गूँथते हैं। उससे कथा का विकास होता है। कुछ शब्द या वाक्य कैरेक्टर की विशेषता बन जाते हैं जो कहीं अचानक बहुत पीछे छूट गए सूत्र को जोड़ देते हैं। इस तरह कथा में मोड़ डालने में भी संवाद बहुत अहम भूमिका निभाते हैं। फर्ज कीजिए किसी सिलसिले में नायिका ने कहा था—तुम्हारा सफ़ेद रूमाल अक्सर गिर जाता है। वो देखो भीग गया है। फ़िल्म में किसी लम्बे अन्तराल के बाद जबकि सारी स्थितियाँ बदल गई हैं। नायक-नायिका के बीच बरसों की दूरियाँ आ चुकी हैं। किसी एक सीन में किसी पान की दुकान पर रूमाल गिरता है और कोई कैरेक्टर वही संवाद उसी अन्दाज में अनायास कह उठता है तो नायक फिर से कई रील पहले के सीन से अचानक जुड़ जाता है और कथा में सिर्फ़ एक संवाद से नए मोड़ की घोषणा हो जाती है। सीन, सीक्वेंस और संवाद एक-दूसरे से इसी तरह घुले-मिले होते

हैं। दर्शकों के दिलों में पात्र तभी उतर पाते हैं।

यशवन्त : *आपने कॉमेडी बनाई थी 'अंगूर'। शेक्सपियर की 'ए कॉमेडी ऑफ एरर्स' को आपने हिन्दुस्तानी पृष्ठभूमि में बदला। जब गम्भीर सामाजिक फ़िल्मों से हल्की-फुल्की कृतियों में उतरना हो तो अनुभव कितने बदल जाते हैं।*

गुलज़ार : मैंने ऋषि दा के लिए कॉमेडी लिखी थी बावर्ची, खूबसूरत और बहुत सी फ़िल्में। पर मुझे अपने पर कान्फिडेंस नहीं आया था। 'अंगूर' बनाई तो महसूस हुआ कि कॉमेडी बनाना ज्यादा कठिन है लेकिन ज्यादा आनन्ददायी भी। 'अंगूर' का विषय लम्बे समय से मेरे दिमाग में था। एक-दो प्रोड्यूसर को बताया वे राजी नहीं दिखे। अन्ततः मौका आया, वह बनी। इस फ़िल्म के अनुभव बहुत अलग थे। मैंने 'ए कॉमेडी ऑफ एरर्स' में सिर्फ़ काल बदला है। अन्यथा कहानी को लगभग वैसा ही फॉलो किया। एक दिन और एक रात की ही तो कहानी है। मूलतः यह गहने का किस्सा है। मैंने उसमें अपनी तरह से रंगत डाली। शेक्सपियर की तस्वीर शुरू नें ही आ जाती है। उनके खुद के जुड़वा बेटे थे। वे खुद इस अनुभव से गुजरे होंगे। मैंने फ़िल्म जब खत्म की तो अन्त भी शेक्सपियर की तस्वीर पर ही किया। शुरूवाली वह तस्वीर अन्त में आँख दबाती है। यह दर्शकों को दिलचस्प लगा होगा।

यशवन्त : *दो लोगों को डबल रोल में शूट करना ऐसा नहीं था जैसे दो फ़िल्में अलग-अलग शूट हो रही हों ?*

गुलज़ार : नहीं, क्योंकि एक वक्त में आप एक को ही देख रहे हैं। सिर्फ़ आपने यह किया कि एक का आइडेंटिफिकेशन दूसरे में ट्रांसफर कर दिया। मिसाल के लिए नौकरों में देखिए एक पूरी बाँह की कमीज पहनता है और दूसरा बाँह मोड़कर पहनता है। यह बात आप शुरू में ही एस्टेब्लिश कर देते हैं और इसके बाद यह चलता रहता है। दर्शक जानता है कि कौन आ रहा है और कौन जा रहा है। इसी तरह संजीव कुमार के बालों की स्टाइल थीं। एक अपने कमीज के बटन लगाता है और दूसरे कुछ खुले रखता है। ये थोड़ा सा समझने में वक्त लेता है लेकिन ज्यादा नहीं। जो अभिनेता है उसके स्तर पर थोड़ी सजगता ज़रूरी होती है। संजीव और देवेन वर्मा इतने प्रोफेशनल थे कि उन्हें कुछ और कहने की ज़रूरत नहीं थी। बिल्कुल स्विच की तरह था—एक को बन्द किया, दूसरे को ऑन कर दिया।

मुझे लगता है कि उसमें नए लोग होते तो कुछ दिक्कत होती।

यशवन्त : *एक कॉमेडी फ़िल्म बनाना दूसरे से और कितना भिन्न हो सकता है खासतौर पर शूटिंग और एडिटिंग के हिसाब से ?*

गुलज़ार : अलग तो होता ही है। इसमें थोड़ी टाइमिंग दुरुस्त होनी चाहिए। विजुअल को लेकर आप थोड़े से अतिरिक्त सजग होते हैं। और सबसे बुरी बात यह है कि जब आप ठहाके की उम्मीद कर रहे होते हैं और वह आता ही नहीं। आपको यह पक्का करना होता है कि ऐसा हो और सही वक्त पर हो। ऐसा तो है नहीं कि आप वहाँ एक लतीफा डाल देंगे और कुछ देर वही चलेगा। लोग हँस देंगे। एक पंच से दूसरे पंच तक जाने में जो पॉज होता है उसे सँभालना बड़े कौशल का काम है। आपको पहले ठहाके के बैठ जाने की प्रतीक्षा करनी होती है और दूसरे के आने की टाइमिंग तय करना होती है। इसी तरह एडिटिंग में भी पैटर्न बदल जाता है तभी तो मैं कहता हूँ कि कॉमेडी ज्यादा मुश्किल है। लेकिन 'अंगूर' के कुछ अनुभव अलग भी हैं। किसी गम्भीर फ़िल्म से ज्यादा इंप्रोवाइजेशन की गुंजाइश कॉमेडी में होती है। मैं अमूमन पूरी फ़िल्म लिख लेता हूँ और जब सैट पर जाता हूँ तो उससे बिल्कुल इधर से उधर नहीं होता। पर कॉमेडी में कैरेक्टर्स की टोटल रिएक्शन नया आइडिया भी दे सकती है। कभी-कभी जिस तरह अभिनेता रिएक्ट करते हैं उसमें उनके व्यक्तिगत अनुभवों की छाया भी मदद करती है। मैं आपको कुछ मिसालें देता हूँ जैसे फ़िल्म में दीप्ति नवल ऐनक पहनती है। दरअसल उसे वह ऐनक फिट नहीं आ रहा था तो उसे ठीक से नाक पर बिठाने के लिए वह बीच-बीच में नाक चढ़ाती थी। मैंने इसे फ़िल्म में कैरेक्टर की विशेषता की तरह इस्तेमाल कर लिया। बहुत क्यूट लगता है जब एक गम्भीर दृश्य चल रहा हो और वह अचानक बीच में नाक चढ़ाए। इससे फ़िल्म में एक किस्म की स्पोंटेनिटी आ जाती है। एक दूसरा मौका था जब जर्नलिस्ट अली पीटर जॉन और फोटोग्राफर श्याम औरंगाबादकर मुझसे मिलने शूटिंग के दौरान सैट पर आ गए। मैंने उन्हें फ़िल्म में रिपोर्टर और फोटोग्राफर की तरह इस्तेमाल कर लिया। अचानक आप देखते हैं कि श्याम खड़े हो गए फोटो ले रहे हैं, और अली नोट्स लिये जा रहे हैं। यह कहीं और सम्भव नहीं है।

यशवन्त : *आपने इसका नाम 'अंगूर' रखा था। 'अंगूर' का फ़िल्म से क्या*

लेना-देना ? इसी तरह आप आँधी, मौसम, नमकीन वगैरह-वगैरह नाम रखते हैं। नाम खूबसूरत हैं लेकिन कोई तो कारण होगा जो आप इस तरह नाम चुनते हैं ?

गुलज़ार : अब 'अंगूर' की तो कोई ख़ास वजह क्या कहें। हाँ, थोड़ा अलग सा ज़रूर है और जो मुझसे गम्भीर फ़िल्म की उम्मीद रखते होंगे उनके लिए यह संकेत का काम कर सकता था कि भाई कुछ अलग है। मगर दूसरी तरह से देखें तो मेरे अधिकांश शीर्षक फ़िल्म के लिहाज से रिलेवेंट नहीं लगते होंगे। लेकिन नामों की बड़ी मुश्किल है। कहानियों से ज्यादा अच्छे नामों का टोटा है। सबसे अच्छा तरीका यह है कि एक खूबसूरत सा अच्छा सा लगनेवाला नाम चुनो और उस नाम से फ़िल्म को पुकार लो। बस, पहचान बन जाती है। मैं हालाँकि एक-आध फ्रेम रखता हूँ ताकि कहीं कोई पूछे तो कहने को हो जाए कि भाई इससे पता लगता है कि इसका नाम यह इसलिए है। वरना यह तो पूरी फ़िल्म का एक मूड होता है। आप उसके मौसम और उसकी खुशबू से उसे पुकारते हैं।

यशवन्त : *आपने फ़िल्में बनाईं। अपनी तरह से बनाईं मगर उसमें स्टार डाले। जितेन्द्र, हेमामालिनी, जया, शर्मिला, वहीदा, संजीव कुमार... । इनकी एक मार्केट वैल्यू थी तो कहीं ऐसा नहीं है कि आपने अपनी सफलता का एक फार्मूला चुना और उसमें कमर्शियल एंगल बराबर बनाए रखा। हर स्क्रिप्ट उसके सितारों से भी तो संचालित हो सकती है। जिन अभिनेताओं की इमेज पहले से तय है उन्हें अपनी स्क्रिप्ट में ढाल लेना दूसरी तरह का काम होगा।*

गुलज़ार : मैंने कभी यह नहीं कहा कि नॉन कमर्शियल होकर काम चलाया जा सकता है या एंटी कमर्शियल होना चाहिए। मैंने कभी भी अभिनेताओं की पहले से स्थापित छवि का दोहन करने की कोशिश नहीं की। जो बीज दूसरों ने बोया है उसकी फसल मैं क्यों काटना चाहूँगा। स्थापित इमेज का इस्तेमाल फार्मूले का इस्तेमाल कहलाएगा, मगर मेरे हिसाब से किसी कल्पनाशील निर्देशक के लिए इसकी कतई ज़रूरत नहीं है।

संजीव कुमार ने 'कोशिश' में जया के पति और 'परिचय' में पिता का रोल किया। व्यावसायिक दुनिया में जम्पिंग जैक कहे जानेवाले जितेन्द्र को परिचय, खुशबू व किनारा में आप देखते हैं न ? विनोद खन्ना जैसे खलनायक को संवेदनशील नायक के रूप में प्रस्तुत करना तो एक चुनौती है, उस कलाकार के भीतर का छुपा हुआ पक्ष सामने लाने की। आपको याद होगा,

विनोद खन्ना जब टाप पर थे, तब उन्होंने संन्यास पर जाने का फैसला किया। सबने समझाया कि अभी तो मार्केट से सब खींच लेने का वक्त है। कल को जब लौटें, तब ना मालूम क्या स्थिति हो। मगर उन्होंने कहा, कल को लौटना हुआ तो लौटूँगा। मुझे अपने कल की चिन्ता नहीं है, आप क्यों कर रहे हैं ? वह यहाँ की चमक-दमक छोड़कर चले गए और एक आश्रम में माली का काम करने लगे। फ़िल्म इंडस्ट्री में कितने ऐसे लोग हैं, जो यह साहस कर सकते हैं। 'मीरा के भोज को पीड़ा से गुज़रकर मैंने देखा है।' यह व्यक्ति के रूप में विनोद ही कह सकते थे। किसी व्यक्ति में यह पक्ष छुपा हुआ है और आप उसे सामने लाने की कोशिश करते हैं, तो यह काम मुश्किल ज़रूर है लेकिन सन्तोष देनेवाला भी।

हर सितारे या अभिनेता में बहुआयामी व्यक्तित्व होते हैं। यह फ़िल्म मेकर पर निर्भर है कि उसके व्यक्तित्व के कौन से आयाम को उभारना चाहता है।

दरअसल, सितारों के साथ यही एक दिक्कत होती है, वे एक सरीखी फ़िल्में करते-करते एक सरीखे तौर-तरीके में ढल जाते हैं। मौत की ख़बर सुनते ही चीत्कार करना, थप्पड़ के जवाब में आँखें फाड़कर एक्सप्रेशन देना...।

'बेनजीर' के दौरान का एक किस्सा है। निरूपा राय शूटिंग कर रही थीं। वे बिल्कुल बेखबर होकर—'ये तुम्हारे पिता समान हैं...मुझे आज से माँ मत कहना' कहने लगीं, जो संवाद स्क्रिप्ट में था ही नहीं...। दर्जनों फ़िल्मों में काम करते-करते कैरेक्टर फिक्सेशन हो जाता है। निर्देशक कमज़ोर है, तो चीज़ें वैसी ही चलती रहती हैं। उसे लगातार सतर्क रहना होता है, इससे बचने के लिए। कुछ नए निर्देशक टाप स्टार्स के साथ काम करते हुए दबे से रहते हैं, यह डर और हीनता नहीं होनी चाहिए। स्टार्स खुद 'ऑफ बीट' काम करना चाहते हैं। निर्देशक अगर अपना काम बेहतर नहीं जानता तो स्टार्स दखल देने लगते हैं। अगर मेरे काम में कोई स्टार दखल दे तो मैं फ़िल्म छोड़ना पसन्द करूँगा। मेरे उपकरण उसके हाथ में जाएँ, इससे बेहतर है, वही खुद फ़िल्म बनाएँ। मेरे नाम पर उसकी 'निर्देशकीय प्रतिभा' क्यों जाना चाहिए ? तब तो मैं खुद का सामना भी नहीं कर पाऊँगा। डायरेक्टर स्पाइनलेस (रीढ़हीन) हो तो स्टार की दखलन्दाजी परम्परा बन जाती है। मेरी फ़िल्मों की विषय वस्तु कलाकार से जो चाहती है, वही मुझे सामने लाना है। विषय वस्तु की शक्ति से ही सितारे या अभिनेता नियन्त्रित होते हैं।

फ़िल्म का कंटेंट बड़ी चीज़ है, उसमें काम करनेवाले अभिनेता स्टार हैं या नहीं यह बिल्कुल अलग बात है। फ़िल्म का पूरा ताना-बाना इस तरह है कि इसमें बहुत से लोगों का भविष्य इन्वाल्व होता है। यह एक किस्म का व्यावसायिक, जोखिम से परिपूर्ण अर्थशास्त्र साथ लेकर चलता है। उसे मैं अपने तरीके से काम में लेता हूँ। स्क्रिप्ट की पवित्रता दरअसल माध्यम और उसके नियन्ता की पवित्रता भी है और यह सच्ची कामयाबी का पहला आधार है। कोई भी अच्छा निर्देशक इसकी रक्षा करेगा।

यशवन्त : *'हु-तू-तू' में शिक्षक के कमरे में एक तस्वीर लटकी बताई गई है। एक क्रान्तिकारी नेता की तस्वीर है। उससे सीन में एक राजनीतिक विचारधारा का सन्दर्भ उससे प्रक्षेपित हो जाता है। दृश्य में यह सिम्बल या प्रतीक किसका योगदान है—डायरेक्टर का या स्क्रिप्ट रायटर का ?*

गुलज़ार : जिसका भी कंसेप्ट है, वो चुन रहा है। अगर यह लेखक ने दिया है तो उसने निर्देशक को इसका कारण समझाने की कोशिश की होगी और अगर निर्देशन ने चुना है तो वो लेखक से कहेगा कि मैं इस सीन में दो पीढ़ियों की बात कर रहा हूँ। इस वक्त इस सीन के जरिए यह खास बात करना चाहता हूँ। इस विचार के आधार पर सीन और सिम्बल जुड़ते हैं। लेखक को डायरेक्टर के विचार को प्रक्षेपित करने के लिए प्रतीक देने होते हैं। निर्देशक सीन का केन्द्रीय तत्त्व बताता है, तब लेखक प्रतीक सुझाता है। अ सर लिखे सीन को करने के दौरान डायरेक्टर की कल्पनाशीलता से प्रतीक प्रवेश करते हैं। 'हु-तू-तू' में जो तस्वीर है उसके पीछे विचारधाराओं का द्वन्द्व है। जिसको यह सूझी, उसने तलब किया। डायरेक्टर ने लेखक से माँगा या लेखक ने डायरेक्टर के विचार के आधार पर उसे सुझाया, यह दोनों पर अलग-अलग निर्भर करता है।

यशवन्त : *आपको गाने अच्छे लगते हैं। गीत आपके हिस्से बनकर आते हैं। कभी-कभी आपके गीत खालिद मोहम्मद के हाथ में पड़े तो आइटम सांग भी हो गए जैसे...'फिजाँ' में सुष्मिता पर फ़िल्माया गया 'महबूब मेरे...!' आपको क्या लगता है कि गीत के बिना कहानी पूरी नहीं होती ? या गीत एक मनोरंजन-आइटम भर है।*

गुलज़ार : मैं, जब तक कहानी का हिस्सा उसमें शामिल न हो गाने नहीं डालता। लोग गीत से कतरा के गुजरते हैं, मैं उसमें शामिल होकर गुजरता

हूँ। आप देखेंगे कि गीत कहानी को एक चरण आगे ले जा रहा है तो गानों से गुजरना मुझे अच्छा लगता है। वक्त के दो हिस्सों के बीच पुल की तरह, एक सीक्वेंस से दूसरी सीक्वेंस में जाने के लिए। किसी न किसी हिस्से में कहानी को आगे बढ़ाने के लिए मेरी फ़िल्म में गीत आते हैं ताकि मैं अगले स्टेप पर कथा को पकड़ लूँ। जैसे हु तू तू में एक दृश्य है उसमें भीड़, हिंसा और अख़बार की सूचनाओं की इतनी डिटेल है कि लगता था नया सीन जन्म नहीं ले रहा है। यानी सीन लिखें तो अख़बार पढ़ने जैसा हो जाता। उसे सिनेमा की शक्ल देनी थी तो हमने एक गीत बनाया और पूरी उपस्थिति को गीत में कह दिया। एक अन्तरा उसका बताता है कि वो सारे कैरेक्टर वहाँ क्यों हैं ? बजाय इसके कि वहाँ वो सीन बनाता एक गाने से गुजरकर मैंने पूरी स्थितियों के बीच एक पुल की तरह उसका इस्तेमाल कर लिया।

यशवन्त : *'आँधी' में आपने संजीव और सुचित्रा सेन के बीच 'तेरे बिना ज़िन्दगी से'...को एक खूबसूरत मोड़ की तरह इस्तेमाल किया है। उसमें एक कव्वाली भी थी।*

गुलज़ार : हाँ, स्थितियाँ दर्शाने के लिए यह सशक्त माध्यम होता है बशर्ते आप उसमें उतरकर ऐसा करते हों। एक और वजह है। हम लोग लम्बी फ़िल्म बनाते हैं, ढाई या तीन घंटे की। इतनी लम्बी सिटिंग सिर्फ़ गद्य में नहीं हो सकती। बहुत लम्बा समय है। अंग्रेजी की फ़िल्म बगैर गाने के चलती है क्योंकि उसकी लम्बाई वैसी है। हमारे यहाँ सीक्वेंस इस तरह से इस्तेमाल करते हैं जिस तरह कथावाचक रामायण या महाभारत सुनाते समय बीच में ब्रेक करता है। बीच में कोई गाना आ जाता है...दोहा या चौपाई। यह एक ट्रेडिशन भी है। हमारे नेरेशन में, हमारी वाचिक परम्परा में इसकी बड़ी जगह है। हमारे अवचेतन में गीत हैं। स्टेज की परम्परा में गाने शामिल रहे हैं जैसे आगा हश्र काश्मीरी के गाने तीन-चार घंटे के होते थे तो दो या तीन इंटरवल हुआ करते थे। उनमें संगीत की जगह होती थी। कहीं एक स्तर पर रिलीफ भी होता है। एक जैसा कुछ चल रहा है उसे नई लय एकरसता से ऊपर उठा देती है।

फिर, गीत-संगीत हमारे यहाँ जिस तरह रोजमर्रा की ज़िन्दगी का हिस्सा हैं पश्चिम में नहीं हैं। हमारे यहाँ दूधवाला भैया, ताँगेवाला कोचवान चाबुक का सिरा लटकाते हुए भी गाता चलता है। हमारी संस्कृति में संगीत एक रवायत है। माँ सुबह चौके-बरतन का काम करती है तो भजन गुनगुनाती

है...। चूल्हा अगर बुझाने जा रही है तो गा रही है, 'दिन तो बीता हरि मेरी शाम पार करा दे।' वो दही बिलो रही है तो भी गा रही है। प्रभाती हमारी पारम्परिक संस्कृति का हिस्सा है। सुबह रँगोली सजाते हुए भी हम गीत गाते हैं और साँझ पड़े भजन भी हमारे होंठों पर होते हैं। पश्चिम की ज़िन्दगी को परखकर देखिए, इस तरह जीवन में घुला-मिला संगीत कहाँ होता है ? आप नहा रहे हैं, टीवी चल रहा है या रेडियो चल रहा है आप गुनगुना रहे हैं। यह जो एक पर्सनल सिंगिंग है, अपने आप के साथ गुनगुनाहट है, ये सिर्फ़ रोजमर्रा की हिन्दुस्तानी ज़िन्दगी में ही नजर आती है। हमारे यहाँ गीत इतना परदेसी और अजनबी नहीं है। बस, इस गीत का कोई कैरेक्टर बन जाए तो बात बन जाती है। सिनेमा में यह बात कला का हिस्सा होकर दर्शक को आपके साथ ले जा सकती है।

यशवन्त : *आपके गीतों में शब्द सरल होते हैं लेकिन वे गहरे अर्थों के उद्देश्य से लिखे जाते हैं। पानी, बूँद, चाँद, ठंडा, सीला, पीला, मद्धम, छैयाँ...जो भी हो, गहन उदासी या प्रेम को प्रकट करते हुए दार्शनिकता की शक्ति अर्जित करने की कोशिश करते हैं। सादी कथाओं में आपके चरित्र इन गीतों को गाते हैं तो जाहिर है आपके चरित्र भी इतने शक्तिशाली होंगे। आपको लगता है कि साधारण दर्शक इन गहराइयों को उसी स्तर पर ग्रहण करता होगा ? 'पलकों की छाँव में' तो राजेश खन्ना आपकी एक नज्म ही बोल जाता है। एक-दो और फ़िल्मों में कैरेक्टर आपकी कविताएँ बोल जाते हैं—'आशीर्वाद' में भी था—*

गुलज़ार : गीत मेरे लिए जीवन को समझने की राह बनाते हैं। शायरी की खूबसूरती यह है कि सुननेवाले की अनुभूतियाँ जाग जाती हैं, चाहे वह लेक्चरर की तरह शब्दों के अर्थ बखान न सके। हम सब गहरे में सोचते हैं, शब्दों में व्यक्त कोई-कोई कर देता है। उससे आपका तारतम्य बन जाता है। कोई जटिलता नहीं बची रहती। प्राथमिक स्तर के बाद, ऊँचाई के स्तर पर भी अलग-अलग हो जाते हैं। उन तक जिनसे तारतम्य हो जाए तो सुख बढ़ जाता है। जहाँ मेरे शब्द बोले जाते हैं, वे चरित्र का हिस्सा होकर ही आते होंगे—वरना अखरेंगे—चीन्ह लिए जाएँगे, पैबन्द कहे जाएँगे। उनके मायने नहीं होंगे।

यशवन्त : *पश्चिम में गाने ऐसे नहीं होते। वहाँ स्क्रिप्ट अलग तरह से लिखी जाती है ?*

गुलज़ार : वहाँ कहानी का स्ट्रेस बहुत फोकस्ड होता है। वहाँ के

वातावरण के अनुरूप संरचना बनती है। लेकिन यह नहीं कि वहाँ सबकुछ एक ही या खूबसूरत तरीके से बनता है। जितना ट्रेश हमारे यहाँ बनता है उतना ही वहाँ भी बनता है। हमारे पास तो बस उनका चुना हुआ आता है जैसे हमारी भी चुनी हुई फ़िल्में जाती हैं।

यशवन्त : *आपकी फ़िल्म थी खुशबू। यह एक सुप्रसिद्ध रचना पर आधारित थी। ऐसी स्थितियों में जबकि मूल कथा कृति विख्यात हो, स्क्रीन प्ले लिखते हुए क्या चुनौतियाँ होती हैं ?*

गुलज़ार : प्रसिद्ध रचनाओं में जो लेखक होता है वह पूरा वातावरण लिखित कृति के अनुरूप रचता है। उसे फ़िल्म के रूप में जब ले जाते हैं तो माध्यम की अनिवार्यताओं के अनुरूप कुछ परिवर्तन करने पड़ सकते हैं क्योंकि यह हो सकता है कि निर्देशक ने किसी पात्र को किस तरह ग्रहण किया है और पटकथा लेखक उन भावनाओं को किस तरह दृश्यों में ढाल रहा है। मूल कथा के दृश्यों को नई रंगत भी मिल सकती है। ज़रूरी नहीं है कि मूल कृति के दृश्य को ज्यों का त्यों लिया गया हो, उसमें दृश्य के स्तर पर कोई सिम्बल, कोई इशारा, कोई संकेत डालकर सम्प्रेषण की शक्ति ही बदली जा सकती है। यह कल्पना शक्ति और इरादे पर बहुत निर्भर करता है।

यशवन्त : *आपने ख्वाजा अहमद अब्बास की छोटी सी कहानी को विस्तार देकर खूबसूरत फ़िल्म 'अचानक' में बदल दिया। इस तरह जब आप छोटे कथासूत्र को स्क्रीन प्ले में बदलते हैं तो किन-किन चीज़ों से गुजरते हैं ?*

गुलज़ार : उपन्यास से ज्यादा छोटी कहानियाँ अनुकूल जान पड़ती हैं। उपन्यास में अतीत लगातार डोमिनेट करता है। उसे काटना और छोटा करना मुश्किल होता है। लेखक का बहुत कुछ हिस्सा उसमें रह जाता है। स्क्रिप्ट को उस रिद्म पर लाना बहुत मुश्किल है जिस पर नॉवेल लिखा गया हो। क्योंकि वह जस का तस पूरा का पूरा नहीं बन सकता। नॉवेल को छोटा करना एक अलग, बड़ा काम है। कहानियाँ इसलिए अच्छी लगती हैं क्योंकि सूत्र के हिसाब से वे टू द प्वाइंट होती हैं। बिल्कुल उतने ही ज़रूरी किरदार होते हैं जो अपनी बात को कह सकें। उनमें जो स्पेसेज हैं, साइलेंसेज हैं, जो कहकर भी अनकहा है, वो सिनेमा है। खामोशियाँ सुनना और उसे अभिव्यक्त करना सिनेमा बनाना है। बिटविन द लाइंस, लेखक जो कहता

है वो उजागर होना सिनेमा है। इसमें आपको विस्तार लेने का चांस है। जो आलाप लेना है, जो पलटे देना है, उसकी जगह वहाँ मिलती है। एक डायरेक्टर के तौर पर मुझे पता है कि किस प्वाइंट पर हिट करना है। लिखित कहानी में लेखक ने तो एक बात कही है, जितने डायरेक्टर उस कहानी को लेंगे अपनी-अपनी तरह से उन स्पेसेज को देखेंगे। उन साइलेंसेज को अपनी-अपनी तरह से सुनेंगे। यही वो चीज़ है जो एक से दूसरे को अलग करती है। यही वो चीज़ है कि काबुलीवाला बिमल दा बनाते हैं और तपन दा बनाते हैं तो दो अलग चीज़ें बन जाती हैं जबकि कहानी वही की वही है। कहानी में कोई अन्तर नहीं है लेकिन फ़िल्म बदल गई है।

यशवन्त : *यानी फ़िल्म लिखना एकदम अलग काम हुआ...*

गुलज़ार : बिल्कुल। यह माध्यम ही अलग है। इसकी अलग ज़रूरतें हैं। कुछ लोगों को इस बात पर ऐतराज था कि मैं अपनी फ़िल्मों में रिटन एंड डायरेक्टेड देता हूँ। खासकर जब कहानी दूसरे की हो। तो इसकी वजह यह है कि फ़िल्म लिखना एक बात है और कहानी लिखना दूसरी। मैं एक ऑथर की थीम ले लेता हूँ अगर मैं बहुत खराब फ़िल्म भी बना लूँ तो वह मूल लेखक के लिए शर्मिंदगी का बायस नहीं होगा। फ़िल्म की जो स्क्रिप्ट है वह बिल्कुल स्वतन्त्र होती है। कहानी दूसरे की है और वह स्क्रिप्ट हो जाए तो फ़िल्म राइटिंग का हिस्सा कहलाएगी। उसे ओन करना चाहिए क्योंकि वह खराब हुई तब भी मूल लेखक को नहीं, मुझे दोष जाएगा।

यशवन्त : *मौलिकता क्या चीज़ होती है ? खासतौर से फ़िल्म के माध्यम से प्रेरणा और असर अलग-अलग तरीके से काम कर सकते हैं। आलोचकों में आपकी कुछ फ़िल्में मसलन कोशिश या परिचय किसी विदेशी फ़िल्म की धुन पर पुनर्रचित होने के बहाने चर्चा में आती है।*

गुलज़ार : प्रेरणा लेना और उसे फ़िल्म में ढालना अलग-अलग चीज़ें हैं। मेरी कुछ शुरुआती फ़िल्मों को लेकर कुछ लोगों में यह बात उठी थी। उनका ख्याल है कि वह विदेशी फ़िल्मों का चर्बा है। मुझे तो वे सरासर हिन्दुस्तानी लगती हैं। कुछ लोग जो ओरिजनलिटी ढूँढ़ते हैं वह सिर्फ़ वही ढूँढ़ा करते हैं। किसी खयाल या किसी वैल्यू को उन्हें देखने की फुर्सत ही नहीं। आधारभूत चीज़ है वैल्यू। मेरी अधिकांश फ़िल्में बड़े लेखकों की सुपरिचित कृतियों पर तैयार हुई हैं। उनका अपना मूड है, वे अच्छी या बुरी हद तक

अपनी तरह की हो सकती हैं। जीवन का हर अनुभव अद्वितीय या मौलिक होता है, अनुभूति के स्तर अलग-अलग होते हैं। एक ही चीज़ दो लोगों के साथ घट सकती है, एक ही तरह—जैसे सूरज की रोशनी, मगर उसकी किरणों का अहसास आदमी से आदमी में बदल जाएगा। एक ही घटना पर दो लोगों के अनुभव नितान्त अलग हो सकते हैं। यह जीने और महसूस करने की शक्ति ही है जो मौलिक है।

यशवन्त : *लेकिन लोग कहते हैं कि साहित्यिक कृतियों पर बनी फ़िल्में अक्सर मूल भावनाओं को नष्ट करती नज़र आती हैं। लेखक की कृतियों से न्याय नहीं होता, उल्टे कद छोटा हो जाता है।*

गुलज़ार : इससे लेखक का कद न बड़ा होता है, न छोटा। टैगोर टैगोर ही रहेंगे। जो नया बना है उनके 'काबुलीवाला' में छुपी ध्वनियों और अदृश्य जगहों को नए सिरे से जानने की वजह से बना है। देवदास चार अलग लोग बनाएँगे तो चारों की परिभाषा आप अलग कर सकते हैं लेकिन शरतचन्द्र की जगह वही रहेगी। दरअसल लेखक की कृति में उपलब्ध साइलेंसेज, स्पेसेज से तारतम्य और उसकी अभिव्यक्ति का मामला एक व्यक्ति से दूसरे के बीच अलग-अलग होता है। गुणवत्ता इससे तय होनी चाहिए।

यशवन्त : *सिनेमा बड़ा जटिल माध्यम है। काबुलीवाला में बलराज साहनी ध्यान नहीं रहता, काबुलीवाला ध्यान रहता है। लेकिन प्रेमचन्द की कहानी पर बनी हीरा-मोती फेल हो गई। अच्छी कहानी के बावजूद अच्छे डायरेक्टर से भी कभी-कभी वैसी फ़िल्म नहीं बनती जैसी उम्मीद की जाती है। तो क्या वो डायरेक्टर स्पेसेज को नहीं समझता या साइलेंसेज नहीं सुन पाता ?*

गुलज़ार : नहीं, आपका उस रचना से कम्युनिकेशन कितना हुआ है, यह महत्त्वपूर्ण है। और, जो आप तक कम्युनिकेट हुआ वो अपने दर्शकों के साथ आप कितना कम्युनिकेट कर पाए ? क्योंकि अकेले में कहानी पढ़ लेना और खुद तक कम्युनिकेट कर लेना अलग बात है। उसे नए माध्यम में हजारों के विशाल दर्शक समूह से कम्युनिकेट कर पाना अलग बात है। उनकी पूरी साइकी अलग है। उन्होंने पैसे दिए हैं आपको बर्दाश्त करने के लिए। जिस लिटरेरी लेवल पर आपने अकेले बैठकर टैगोर या प्रेमचन्द के साथ कम्युनिकेट करती कहानी पढ़ी थी ये वो साइकी नहीं है। आपने जो अनुभव किया था उसमें जो बात अच्छी लगी तो कहा कि इस पर फ़िल्म बननी

चाहिए। क्या वही अहसास आप अपने दर्शकों में अन्तरित कर पाते हैं ? अगर नहीं तो यह प्रयोग काम नहीं करता। कम्युनिकेशन के लिए आपको लगातार सतर्क रहना होता है। कभी ठीक नोट पर बात पहुँच जाती है। एक राग जिसके सारे सुर मालूम हैं वो भी हर बार नहीं जमता है। वही कल्याण या मालकौंस सुनाया। वही तोड़े हैं, वही पलटे हैं, सुर हैं तो भी जो ताल जुड़ते हैं उनसे हर बार एक जैसा नैरेशन नहीं बनता। कभी हो सकता है, कोई बात मिस हो जाती है। आप उसी स्तर का कम्युनिकेट नहीं कर पाते जिस स्तर पर ग्रहण किया था। फ़िल्म में वो मिस इसलिए हो जाती है कि आपको जो बात पसन्द आई थी, छूट गई, उसकी बजाय प्लॉट में फँस गए। आपको याद नहीं रहा कि वो रिएक्शन क्या था, वो कौन सा रसायन था जो आपको छू गया था। मगर आप कथा के जाल में रह जाते हैं। इसलिए जो चीज़ आपके भीतर अटकी रह गई थी वो भी कम्युनिकेट नहीं हो पाती।

यशवन्त : *कुछ सीन याद आते हैं जब 'प्लॉट' और 'सीन' की कशमकश महसूस हुई हो ?*

गुलज़ार : 'गुड्डी' फ़िल्म में मोहन स्टूडियो जलने की स्मृति होगी। उसमें वो शॉट है जिसमें एक स्टिल फोटोग्राफर तस्वीर खींचने के पीछे पड़ता है। हृषि दा को वो इस्तेमाल करना था। तो कहा कि एक सीन बनाओ। वो सीन है कि स्टिल फोटोग्राफर कहता है कि ये तस्वीर नहीं बिकती है, आपकी शक्ल बिकती है। मैंने सीन लिखा, पर कहा कि दादा ख्वामखाह ग्लोरीफाई कर रहे हैं। कोई मतलब तो नहीं बन रहा इस सीन का। ये क्या बात हुई ? दिस इज टू मच...! ओवर सेंटीमेंटल...! पर दादा ने कहा कि देखो तुम सीन लिखो, टरकाने की कोशिश मत करो। मुझे पता है कि क्या होगा। तुम तो बस सीन लिख के दे दो। हमने सीन लिखा, फ़िल्म खत्म होने तक भी वो सीन बोर ही लगी। फ़िल्म रिलीज हुई तो पहले शो में दर्शकों की प्रतिक्रिया देखने गए। तो क्या देखते हैं कि सीन के ठीक बाद हाल में तालियाँ ही तालियाँ बज रही हैं। यानी जो हमें लेक्चर लग रहा था वो दर्शकों तक बात को मुकम्मिल तरीके से पहुँचाने का माध्यम बन गया। हृषि दा जानते थे कि कम्युनिकेशन का प्वाइंट क्या है। उनका विवेक इस बात को गहरे से समझता है और आप जानते ही हैं कि यही तो वह बात है जो हृषिकेश मुखर्जी को हृषिकेश मुखर्जी बनाती है।

यशवन्त : *आपकी फ़िल्मों में कई जगह चरित्रों की विशेषताएँ अलग से मार्क की जा सकती हैं। मध्यवर्गीय विचार, दिक्कतें, क्रान्ति की इच्छा, एम.ए. हिन्दी कर लेना, शादी की बात करते समय सवाल-जवाबों के टिपिकल मध्यवर्गीय सन्दर्भ...ऐसी बहुत सी बातें हैं जिनसे पता चलता है कि कोई खास रंगत है जो उनमें आपकी वजह से आ गई है। चाहे वह फ़िल्म आपने बनाई हो या दूसरे के लिए लिखी हो। ये क्या वजह है ?*

गुलज़ार : वो लेखक की अपनी क्षमता है कि कितना डिलीवर कर सकता है। हृषि दा की 'आनन्द' थी। एक कैरेक्टर को देखकर नायक जब हॉस्पिटल में दाखिल होता है तो मोटे कहते हुए निकल जाता है। मुझे लगा था, एक लेखक के तौर पर कि, ये कैरेक्टर जब हॉस्पिटल से निकलेगा तो यूँ ही पास नहीं हो जाएगा। इसके सामने कोई आएगा और ये ज़रूर कुछ रिएक्ट करेगा। तो आप एक संवाद दे देते हैं और वह चरित्रगत विशेषता बन जाता है। हृषि दा ने कहा कि यही तो वह बात है जो मैं चाहता था। हर लेखक इस तरह से हर चीज़ देने में सफल नहीं होता। एक लेखक से दूसरे लेखक को यह बात अलग करती है। हृषि दा ने हमसे फ़िल्म लिखवाई तो ये जानकर कि ये कैरेक्टर की डिटेल्स निकालता है। छह कैरेक्टर बोल रहे हैं तो छह अलग-अलग जबानें बोलेंगे। जैसे चुपके-चुपके में अमिताभ हैं। उन्हें जो स्टाइल मिली है वो जावेद साहब की है। जैसे संवाद में...'वो तो मैं बोल ही दूँगा ना... ।' ये जावेद साहब का स्टाइल है। बस, अमित को क्लू मिल गया और उन्होंने इसे बहुत खूबसूरत अंजाम दिया। अमित अकेले कलाकार हैं जो एकसाथ एक्टर भी हैं और स्टार भी।

यशवन्त : *पर 'चुपके-चुपके' में ही धर्मेन्द्र का जो स्टाइल है वो ?*

गुलज़ार : धर्मेन्द्र की खासियत है कि वे बहुत निश्छल इंसान हैं। वह आज भी वैसे ही हैं। उनमें एक मासूमियत है जो हर वक्त चेहरे पर आ जाती है। इसी वजह से उनकी कॉमेडी जब भी होती है शानदार होती है। मैंने 'देवदास' बनाने का सोचा था। उसके लिए जब धर्मेन्द्र को चुना तो यही मासूमियत उसकी वजह थी। चन्द्रमुखी मेच्योर है और पारो भी बड़ी हो गई है। मगर देवदास को न चन्द्रमुखी भुला पाई, न पारो।

यशवन्त : *आपकी फ़िल्मों में क्रान्ति, आदर्श, मर्यादाएँ, रिश्ते और सपने कहीं न कहीं ज़रूर उपस्थित रहते हैं। जहाँ भी सम्भव हो कुछ मूल्यों या मध्यवर्गीय*

आदर्शों के संकेत पकड़े जा सकते हैं।

गुलज़ार : मिडिल क्लास जिसमें मैं रहा हूँ उसकी वाइब्स, तौर-तरीके और समझ, मैं जानता हूँ बड़े स्वाभाविक रूप से। मैं किसी उच्चवर्गीय समाज को साध नहीं पाता, तो इसलिए कि मैं उससे नहीं हूँ। नीचे का तख्ता यानी निम्न मध्यवर्गीय अनुभव हैं मेरे। मैं जिस तरह के लोगों से मिला हूँ, जिस तरह के वातावरण और सच्चाइयों से रूबरू होता हूँ, जिन्हें मैं आसानी से अपनी संवेदनशीलताओं के साथ पकड़ सकता हूँ वो यही क्षेत्र हैं। मेरी कहानियाँ भी ज्यादातर उसी वर्ग के बीच घूमती हैं। कभी-कभी उसमें कुछ फ्लेशेज उच्च वर्ग के भी आ जाते हैं। कहीं निम्न वर्ग के भी आते हैं लेकिन कहानी का मुख्य क्षेत्र वो है जहाँ मैं बड़ा हुआ हूँ, जिसका मुझे तजुर्बा है। इस वर्ग के लोगों में एक खास तरह की ईमानदारी है और झूठ का एक मुलम्मा भी जिसे अपने ऊपर चढ़ाए रखते हैं कि उसके अन्दर अपनी इज्जत, अपना लिहाज किसी तरह बनाए रखें। ये ईमानदारी भी है और एक वजहदारी भी। लिहाज, इज्जत और सोसायटी में ईमानदारी से जीने का मूल्यगत दबाव उन्हें मुलम्मा चढ़ाने पर मजबूर करता है। यही तबका है जो सबसे ज्यादा चीज़ों का सामना करता है क्योंकि न गिर पाता है और न उठ पाता है। इसलिए मेरी कहानी और उनके किरदार मिडिल क्लास के हैं तो उनका सेंस ऑफ ह्यूमर भी वैसा ही है। बड़ी लज्जा रखते हुए, लिहाज के साथ, एक खास हद में उनका हास्य होगा। यह बात बड़ी दिलचस्प है और गौर करने के काबिल भी कि उस तबके में पीड़ाएँ भी बहुत हैं। लिहाजा छोटी-छोटी बात से खुश हो जाते हैं जैसे कोई आ रहा था तो माँ ने घी और गुड़ से कुछ बनाकर भेज दिया। कहा, हवाई जहाज से जा रहे हो खराब नहीं होगा। कभी बात करते, हँसते-हँसते रो पड़े। छोटी-छोटी खुशियाँ और छोटे-छोटे दुख। भावनाओं के ज्वार और विवशताओं के मुलम्मे। किसी और तबके में ये नहीं हो सकता। कभी लगता है कि छोटे से तबके में इतनी स्ट्रगल है कि इमोशन के लिए जगह ही नहीं है। ये जटिलताएँ मुझे आकर्षित करती हैं। मैं इनमें डूबता-उतराता हूँ।

यशवन्त : *नमक हराम में रजा मुराद का कैरेक्टर याद आता है। वो खालिस मध्यमवर्गीय क्रान्ति का स्वप्न देखनेवाला शायर है। उसके संवाद भी उस दौर की इच्छाओं से बड़े मेल खाते हैं।*

गुलज़ार : हाँ, क्रान्ति के स्वप्न उस वक्त के प्रिय स्वप्न थे। पर आपने

देखा होगा कि मिडिल क्लास राशन के लिए तीन दिन लाइन में खड़ा रहेगा लेकिन उससे गोदाम का ताला नहीं टूटेगा। वहाँ गुस्सा अपनी सीमाओं के साथ है। सिर्फ़ इसी वजह से इंकलाब नहीं आता इस मुल्क में, वरना नया रिवोल्यूशन हो गया होता।

यशवन्त : *उन दिनों ऐसे कैरेक्टर हाथोहाथ मिल जाते थे। लेकिन अब तो मिडिल क्लास भी बदल रहा है। मुख्यधारा की फ़िल्म के मुख्य चरित्र भी तो समाज के साथ-साथ बदलते जाते हैं। अब तो 'कुली' का अमिताभ है। झूठ को हथियार बनाकर काम निकाल ले जानेवाला शाहरुख खान है। हालाँकि आपकी हु-तू-तू का सुनील शेट्टी व्यवस्था पर सवाल करता है। आप जैसे डायरेक्टर वक्त के साथ कैसे अपने को अलग करके देखते हैं ? वरना आपने देखा होगा कि बहुत से लोग कितने ही आदर्श होंगे, इतिहास में रखने की चीज़ हो गए।*

गुलज़ार : यह इस दौर को भी डिफाइन करना पड़ेगा। अगर आप आगे निकल जाएँगे तो मुड़कर देखेंगे कि फ़िल्में तो बनीं लेकिन उनमें वास्तविकता नहीं है। जब यथार्थ नहीं है तो ये क्यों बन रही हैं और इतनी तादाद में क्यों बनीं ? और अगर वास्तविकता इनमें थी तो वो इस तरह नजर क्यों नहीं आई जैसी होती है, वो थी कहाँ ? इसे कैसे डिफाइन करें ? ये जो दौर है उसमें तेजी लगती है। फास्टफूड ज्वाइंट्स हैं। तेज म्यूजिक है। तेज रफ्तार है। तेज परिवर्तन है। जो कुछ कथित रूप से जीवन में इतना तेज है वो सब फ़िल्मों में भी है तो इतनी तेजी में गहराई कहाँ है ? इमोशंस कहाँ हैं ? ना गीत में, ना पिटाई में। बाप-बेटे दोनों स्मगलर हैं। ये 'प्रोक्सी आइडेंटिटी' है। लेकिन ये सिर्फ़ सिनेमा में नहीं है। ये समाज की पूरी अवस्था में है। आप भावनाओं से भागने की कोशिश कर रहे हैं। विचारों और जिम्मेदारी से पलायन कर रहे हैं। सामना मत करो निकल चलो...! राजनीति, चुनाव, शिक्षा, मीडिया, बिजनेस, दुकानदारी जहाँ तक आप सोचे हैं, पूरी कोशिश है कि यथार्थ से भाग चलो। सिर्फ़ सिनेमा अकेला नहीं है...संगीत भी इतना जोर से बजाओ कि उसमें विचारों और भावनाओं की जगह न रहे। मैं जब 'सत्या' में यह कहता हूँ कि 'गोली मार भेजे में, भेजा शोर करता है' तो उसकी परेशानी ये है कि भेजे की अगर सुनेंगे तो मरेंगे। सुनने का वक्त नहीं है। कोई भी भाई उठकर आके कहता है ये कर डालो, वो कर डालो, इसको वहाँ पहुँचा दो। तो कौन सी स्पिरिट और वेल्यूज की बात कर रहे हैं ये ?

भावनाओं, मूल्यों की बात कहाँ हो, सबके हाथ-पाँव फूले हुए हैं। हम सब भागने की कोशिश कर रहे हैं, यहाँ तक कि अपनी ज़िन्दगी से भी भाग रहे हैं और एक डर है भीतर कि कहीं रुक न जाएँ। वरना पड़ेगी ज़िन्दगी की एक मार। हम आत्मा को 'डॉज' दे रहे हैं। बस, यही सब है।

यशवन्त : *लेकिन आपको यश चोपड़ा और सूरज बड़जात्या भी तो दिखते होंगे ? वहाँ तो शानदार कपड़े हैं, गहने हैं, खूब नाच-गाना है, इमोशन है, परिवार नाच-गा रहे हैं...*

गुलज़ार : उनसे पूछिए कि वो जो कह रहे हैं क्या वो सच है ? क्या सचमुच ऐसा हो रहा है या आपको बीच में एक सेलेबल सिचुएशन पकड़ में आ गई है, कि सारे शोर में एक नीम की छाँव पड़ी हुई है उसे बेच डालो। कहीं तो वो एरिया है ही, कुछ क्लास तो है, भले ही पूरे समाज में न हो। वो माँ की कटोरी में चूरी पड़ी हुई है। उसे इस वक्त काम में ले डालो। कहीं आपकी ये कोशिश भी तो अवचेतन में होती है कि इस तूफान को गुजर जाने दो। अवचेतन में रहता है कि चलो किसी तरह छत बचा लो तो बाकी बाद में बचा लेंगे। क्योंकि ये भी हाथ से निकल गया तो बचाने के लिए भी कुछ नहीं बचेगा। कहीं एक बेचारगी का भाव भी है। इसलिए किसी एक वक्त क्लिक कर गए, दोबारा वही किया तो नहीं भी हुए। अगर ज़िन्दगी का एक फार्मूला बन जाता और पता होता कि ये क्लिक कर जाएगा और ये नहीं होगा, तो सारे पीर हो गए होते। ज़िन्दगी रहने के काबिल न होती, यदि जीने के बारे में हर चीज़ की पहले से भविष्यवाणी हो जाती। लेकिन ये सब एक वक्त में होता है। हम उसे स्थितियाँ कहते हैं। मैं जब यह कहता हूँ तो इसलिए नहीं कि मैं जानकार हूँ। ये सब एक मोटा सोच है मेरा, फ़िल्म बनाने के वक्त यह पीछे-पीछे चलता रहता है।

लेकिन आप कहेंगे कि आपके पास अभी फ़िल्म बनाने के लिए भी कहाँ हैं ? जी नहीं चाह रहा, स्क्रिप्ट भी वैसी नहीं है तो मैं शायरी में लगा हूँ। आप कहेंगे—एक स्तर पर मैं भी भाग रहा हूँ, एस्केप कर रहा हूँ, पर मैं उससे सामना करना चाहता हूँ। शायरी में इतने बरस बाद ध्यान गया है। कुछ बच्चों के लिए काम किया इसलिए कि एक स्तर पर जिम्मेदारी भी लगती है, ये खुद की आयद की हुई जिम्मेदारी है।

यशवन्त : *व्यक्तिगत अनुभवों की छाया किसी फ़िल्म को बनाते हुए कैसे*

प्रभावित करती है ? जैसे 'किताब' आपकी एक प्रिय फ़िल्म है। उसमें बचपन के अनुभवों की गहरी छाप दिखती है।

गुलज़ार : 'किताब' को मैं अपनी एक अहम फ़िल्म समझता हूँ और इसलिए कि वो एक मोन्ताज है—एक बच्चे की आब्जर्वेशंस का, और यही बात उस कहानी में खूबसूरत लगी थी। जो कुछ आपके आसपास घटता है उसकी छाया यकीनन आपकी कृति में होती है। यदि आप संवेदनशील हैं तो उनकी छाप से अपने कहन को गहराई दे सकते हैं। यह सिर्फ़ अपने आपसे और विषय से बराबर जुड़ने की कोशिश से होता होगा। मेरे साथ ही नहीं, सबके साथ यह सच है।

यशवन्त : *स्क्रिप्ट लिखते वक्त कई परेशानियाँ भी आती होंगी। किसी थीम को लेकर आप पजेसिव होंगे, किसी कैरेक्टर को लेकर बड़ा मन किया होगा मगर उसे हटाना पड़ा।*

गुलज़ार : मैं सैद्धान्तिक रूप से बहुत निर्मम हूँ। मेरी दो-तीन स्टेजेज होती हैं। तीनों क्रिएटिव। एक तो वो जब मैं स्क्रिप्ट लिख रहा होता हूँ, बहुत सा मैटर, तमाम किस्म के विचार, सब डालता जाता हूँ। जिस वक्त उसका स्क्रीन प्ले बनता है बहुत सारे खूबसूरत सीन और घटनाएँ मेरे सामने होती हैं। उसमें से मुझे कई को छोड़ना होता है क्योंकि वे स्क्रीन प्ले का हिस्सा नहीं होंगे। उसके बाद शूटिंग शुरू करते हैं। शूटिंग स्क्रिप्ट में मैं कोशिश करता हूँ कि जितना लिखा है उसमें से अधिकांश बना रहे। मगर इम्प्रोवाइज तो होगा ही। ये क्रिएटिव प्रोसेस होता है। स्मृतियों में जितनी चीज़ें होती हैं वे भी टकराती हैं। दूसरी स्टेज में स्मृतियाँ और विचार एकसाथ आते रहते हैं। तीसरी जब एडिटिंग टेबल पर बैठते हैं तो पिछला सारा का सारा भूल जाते हैं। सोचते हैं कि अब जो कुछ है ये एकदम नया स्टॉक है। ये फिर एक सामग्री है जिसमें से आप स्क्रिप्ट बनाते हैं, फ़िल्म बनाते हैं। तो जो छँटाई होती है उसमें, जैसे पहली बार सीन निकाले, उसी में से फिर और आगे कटने शुरू होते हैं। आपको तो कई घटनाएँ पता हैं लेकिन अब जब एक साथ देख रहे हैं तो वो उस तरीके से आपको पकड़ नहीं रहीं। कहीं लगा कि गति को कोई चीज़ डिस्टर्ब कर रही है। ऐसे में पिछले सीन ही कटकर निकल गए। कहा जाता है कि फ़िल्म हमेशा दो टेबल पर बनती हैं राइटिंग टेबल पर और एडिटिंग टेबल पर।

यशवन्त : *तो कोई खास सीन याद आते हैं जिन्हें न चाहते हुए भी स्क्रीन-प्ले की चुस्ती की खातिर निकालना पड़ा।*

गुलज़ार : 'माचिस' में एक सीन है। चन्द्रचूड़ दोस्त के घर बैठा है। उस प्रोफेसर के पास जाने से पहले वह अख़बार देख रहा है। दोस्त पूछता है कोई ख़बर मिली...? आज उन्नीस मारे गए कल छब्बीस थे। सीन के लेवल पर इसमें बात थी लेकिन वो हिस्सा निकालना पड़ा। जो होल्ड चाहिए था वो नहीं बनता था।

यशवन्त : *सीन दूसरों की मर्जी से भी निकाले-जोड़े जाते हैं ?*

गुलज़ार : 'हु-तू-तू' में एक गाना था। लावणी...! उससे पहले जो सीन था वो निकाल दिया। वो सारे क्लाइमैक्स को मारता था...वो इम्पेक्ट नहीं बनता। हालाँकि उसमें सारी डिटेल थी कि नायिका भाऊ के साथ आ रही है तो यह सब हुआ कैसे ? लेकिन यह सब फ़िल्म इंडस्ट्री का हिस्सा है। इस माध्यम की सबसे बड़ी तकलीफ यही है कि ये पूरी तरह आपका नहीं है। इसमें हर आदमी का दखल है। जैसे क्रिकेट सब खेलते हैं ना, हर आदमी अपनी तरह से खेलता है। फ़िल्म भी हर आदमी अपनी तरह से करता है। वहाँ आप हर खिलाड़ी को रिप्लेस नहीं कर पाते। यहाँ भी वही हाल है। पहले प्रोड्यूसर कुछ करता है, फिर डिस्ट्रीब्यूटर करता है, फिर एक्जीबिटर करता है। सीन लिखते कुछ हैं हो जाते कुछ हैं। हर आदमी के पास अपनी एक फ़िल्म होती है। हालाँकि कहने को कुल मिलाकर एक फ़िल्म बन रही है।

यशवन्त : *लेकिन आप पर किसी प्रोड्यूसर का दबाव रहा हो ऐसा लगता नहीं है। आपकी फ़िल्में कुछ अलग तरह की फ़िल्में हैं और वे अपनी तरह से बनकर दर्शकों तक पहुँचीं और वे सफल भी हुई हैं।*

गुलज़ार : वजह यह है कि मैं पहले स्क्रिप्ट पूरी लिखकर सुना देता हूँ कि साहब हम ये बनाएँगे। लेकिन इसका मतलब यह नहीं कि इसके बाद कुछ होता ही नहीं है। कुछ न कुछ हो जाता है। जैसे हु-तू-तू में बहुत ज्यादा हुआ। उसके कुछ सन्दर्भ ही निकल गए। पहले जो फ़िल्म बनाकर दी थी उसमें से 'ये निकाल दीजिए, वो निकाल दीजिए'...चला। वो काफी खराब अनुभव था। फ़िल्म देखकर ऐसा लगता है कि कहीं जोड़ टूटे हुए हैं। क्योंकि सुहासिनी मुले का जो कैरेक्टर है, उसका आधार गहरा है। वह एक टीचर है गाँव में। उसके चरित्र का समग्र विकास कैसे हुआ ? उसे

कैसे सत्ता का चस्का लगा...? लेकिन वो सारे डिटेल निकल गए।

यशवन्त : *'मौसम' में शर्मिला टैगोर और संजीव कुमार का एक सीन है। एक 'वेश्या' को घर में लाया गया है। लेकिन यह कोई ग्राहक नहीं लाया है। एक पिता लाया है उसके लिए यह 'वेश्या' नहीं उसकी प्रेमिका की बेटी है। जबर्दस्त तनाव है कि लड़की अपने पेशे के लिहाज से व्यवहार कर रही है और नायक पिता के रूप में एक गहन पीड़ा से गुजर रहा है। इस तनाव को आप कैसे लाते हैं ?*

गुलज़ार : जिस तनाव की आप बात कर रहे हैं वह सचमुच एक फ़िल्मकार के स्तर पर चुनौती थी। मुझे लगता था कि आपने जरा सा भी 'ओवर' किया तो सीन खराब हो जाएगा। सबसे बड़ी करामात जो करनी थी वो यह कि दर्शक को आप विश्वास में ले लें ! तो, तीनों पत्ते दिखा दिए कि भई, 'ये' आदमी है, ये 'इसे' घर पर लेकर आया है। वरना 'वो' तो उससे बात तक करने को तैयार नहीं थी। लेकिन जब लाया है तो बेटी की तरह लाया है। ये बात आपने दर्शकों को बता दी कि ये उसकी बेटी नहीं है पर बेटी की तरह है और ये असलियत लड़की जानती नहीं है, उस पर चिढ़ी हुई है। आपको दोनों तरह के व्यवहार 'बिहेवियरल पैटर्न' दिखाने हैं। जो नौकर पीछे से देख रहा है कि मालिक क्या कर रहा है, वो दर्शक है। दर्शक की जो उत्सुकता है वो ये है कि अब ये करेंगे क्या ? कहीं एक लेवल पर आपने आइडेंटीफाई किया होगा उस नौकर में कि वो क्या देखता है। सिर्फ़ नौकर को ही पता है कि इनका रिश्ता क्या है। जो दर्शकों को पता है। तो उसकी परेशानी का मजा भी दर्शक लेते हैं। लेकिन दर्शक को जो चीज़ नहीं पता है, जिसके भरोसे मैं बाँध के रखता हूँ, वो ये है कि देखें अब इस सीन का अन्त क्या होगा ? उस जगह मैं हूँ कि मैं बता नहीं रहा दर्शकों को, कि इसमें होनेवाला क्या है ? मेरे हाथ में चार धागे हैं, एक भी ज्यादा खिंच जाए तो गड़बड़ हो जाए। मेरे खयाल में वो काम यही है कि आप किस अनुपात में और कितनी नजाकत से इसे निकाल ले जाते हैं। लड़की की जबान देखिए...साला के बगैर कोई बात ही नहीं करती। किसी बात पर वो वादा करती है कि गाली, चलो तुम्हारे सामने तो नहीं बोलूँगी। इतना जटिल किरदार है। इसलिए आसान नहीं था उस सीन से गुजरना।

यशवन्त : *'आँधी' में भी ऐसे कई सांकेतिक दृश्य हैं। जैसे संजीव होटल*

में बरसों बाद नायिका से मिल रहे हैं। उस जगह के लोगों के सामने उनका रिश्ता खुला नहीं है। वे पास से गुजरते हैं। पैर से गिलास गिरता है। बड़ी विचित्र सिचुएशन है। पति-पत्नी हैं...पत्नी के पास का, शराब का खाली गिलास गिरता है। वो सीन डालने का खयाल कैसे आया ?

गुलज़ार : फ़िल्म में शुरू में जो लड़की सिगरेट पीती है, शराब पीती है वो गाली भी देती है। ये जो सारे सिम्बल हैं हमारी वास्तविक ज़िन्दगी में अच्छी लड़की के सिम्बल नहीं हैं। मेरा खयाल था कि किसी लेवल पर मैं इसमें से निकल जाऊँ। क्योंकि असलियत वह नहीं है जो हम एक सख्त आदर्श के रूप में देखते हैं। कुछ निश्चित सामाजिक व्यवहार के स्तर हैं। सोश्यल बिहेवियर पैटर्न है। आप वाइन ले रहे हैं। लेकिन भद्रता उस कैरेक्टर में ये है कि पति के आने पर वो ग्लास एक तरफ रख देती है। ये उस चरित्र की खूबी है। उस सीन की खूबसूरती बस इतनी सी है। पीने की बात बड़ी नहीं है, लेकिन सिर्फ़ इस बात से अर्थ निकलता है कि यही वो लड़की है जिसे सबसे पहले आपने चाहना शुरू किया और इसी तरह पाया। आज वो एक मुकाम पर बैठकर काम कर रही है। सीन में एक ऐश ट्रे भी थी लेकिन वो सीन कटवा दिया। सामान्य रूप में देखें तो एक स्त्री ऐसा क्यों नहीं कर सकती ? अगर वो लेखक है तो, यदि पुरुष लेखक को लिखने के लिए एक सिगरेट चाहिए तो स्त्री लेखक को सिगरेट क्यों नहीं मिल सकती ? मगर यहाँ सवाल ट्रीटमेंट का है। बल्कि कहना चाहिए कि यह ट्रीटमेंट से भी ज्यादा का है। सेंसरवालों ने सिगरेटवाले सीन को पास नहीं किया। मैं समझता हूँ कि 'आँधी' में एक राजनीतिक टिप्पणी भी देखी जा सकती है और वह पात्र के साथ चरित्र-चित्रण के एक अंश की तरह प्रकट भी होती है। लेकिन मूलतः वह एक पति और पत्नी के बीच अटूट भावनात्मक सम्बन्धों को प्रदर्शित करती है। रिश्ते जो इतने भीतर तक जुड़े हुए हैं, अपनी महत्ता सिद्ध करते हैं। बरसों बाद भी जब वह लौट रही है तो उसे अपने कमरे में हर चीज़ वैसे ही मिलती है, जैसी उसे पसन्द है। वहाँ मन के अन्दरूनी तूफान, स्वाभिमान की ऊँचाई और इन सबसे ऊपर रिश्तों की गर्माहट चित्रित करने की कोशिश थी।

यशवन्त : *फ़िल्म देखकर कई लोगों को इंदिरा गांधी की याद आती है। संजीव कुमार का कैरेक्टर बहुत ऊपर जाकर खुलता है। उसका गुस्सा लगातार बना हुआ है, लेकिन प्रेम के बीच पकता है। यह एंगर आप कैसे पकड़ पाते हैं।*

गुलज़ार : ये सच्चाइयाँ हैं, हर जीवन में होती हैं रिश्तों की कहानियों में यह अक्सर होता है। 'मेरे अपने' में भी एक एंगर थी, लेकिन उस पर अन्ततः प्रेम छाता है। रिश्तों को जानने के लिए उतरेंगे तो यह बात अपने-आप उभर आएगी।

यशवन्त : *आपकी फ़िल्मों में स्त्रियाँ हमेशा अलग तरह से क्यों आती हैं ?*

गुलज़ार : इसलिए कि वे जीवन का केन्द्र हैं। 'खुशबू' में कुसुम का कैरेक्टर बहुत अच्छा है। शरतचन्द्र की कहानी थी। 'महाशय' नाम के नॉवेल के पहले तीन चैप्टर पर यह कहानी बनाई गई थी। उसमें जो उसका स्वाभिमान है और आत्मसम्मान है एकदम उठकर आता है। हु-तू-तू में सुहासिनी का कैरेक्टर बहुत जटिल है। 'गुड्डी' की गुड्डी मेरी प्रिय पात्र है। स्त्रियाँ रिश्तों की धुरी होती हैं, वे हमेशा ही अलग होंगी। माँ, पत्नी या बेटी—जो भी हों।

यशवन्त : *कई बार मैंने देखा है जैसे आपने जितेन्द्र को मूँछें लगा दी थीं। एकाध बार धर्मेन्द्र को भी लगा दी थीं। तो आप ये जो मूँछें लगाते हैं या कभी मोटे फ्रेम का चश्मा पहना देते हैं। तो इन्हें अपने जैसा बनाने का इरादा होता है या कुछ और।*

गुलज़ार : 'मूँछें नहीं तो आदमी नहीं।' 'गोलमाल' के उत्पल दत्त का डायलॉग है न। मूँछों के बगैर तो ब्लेंक लगता है चेहरा...। हाँ, लेकिन असल बात यह भी है कि उनकी जो बन चुकी एक इमेज है उससे हटाने की कोशिश होती है। वरना देखनेवाले को वही जितेन्द्र लगेगा, वही नसीर लगेगा। आप मूँछों के जरिए हल्के से उन्हें पहले से अलग कर देते हैं।

यशवन्त : *ऐसा लगता है आपको प्रौढ़ और मैच्योर लोग पसन्द हैं। आपकी प्रेम कहानियाँ भी बड़ों की प्रेम कहानियाँ हैं। क्या इसलिए कि वे रिश्तों की जटिलताएँ समझते हैं।*

गुलज़ार : जो आजकल आप टीनएज की प्रेम कहानियाँ देखते हैं उनमें टीन कहीं होते हैं ? राज साहब ने बनाई थी 'बॉबी'। उसके कैरेक्टर टीन लगते थे। दरअसल टीनएज का एक बिहेवियरल पैटर्न भी है। उसमें भी कोई वैरिएशन नहीं आया। कोई नई बात नहीं आती। हर बार चीज़ें एक ही गली

से गुजर जाती हैं। मैच्योर में रंग है, रिश्तों की जटिलताएँ हैं।

यशवन्त : *यानी, कुमार गौरव और ऋतिक रोशन के प्रेम के मुकाबले 'कोशिश' का प्रेम ज्यादा इंटेसिव है। यानी सादा जीवन में भी आपको दुर्लभ चरित्र चाहिए ?*

गुलज़ार : यह कोई जिद नहीं है। लेकिन कोई अलग बात आपके पास होगी, तभी तो कहेंगे। जो सब में है, जो सामने है वही बात मैं दोहराऊँ तो कोई बात, कोई माने नहीं बनते।

यशवन्त : *नए कैमरे, नई तकनीक और नई फ़िल्में। इस नई दुनिया में क्या ऐसी ही फ़िल्में बनेंगी। अच्छे सिनेमा और बुरे सिनेमा का प्रतिशत क्या मुख्यधारा में उलट नहीं गया है।*

गुलज़ार : बात थोड़ी सब्जेक्टिव है। जैसे आप डायरेक्टर या रायटर की बात करते हैं तो एक आदर्श डायरेक्टर या रायटर की बात करते हैं। लेकिन हम अभी जो बात कर रहे हैं वो जनप्रिय चीज़ (मास प्रोडक्ट) की है। इसलिए अच्छे और बुरे को उन्हीं अर्थों में देखना होगा।

यशवन्त : *'दामुल' अच्छे सिनेमा का उदाहरण कही गई थी। उसे बनानेवाले प्रकाश झा को मुख्य धारा की मसाला 'बन्दिश' क्यों बनानी पड़ी ?*

गुलज़ार : आपने 'दामुल' का रिजल्ट देखा था ? फेल हो गई। फ़िल्मकारी में ऐसा तो होता नहीं कि नया कागज़ निकाला और लिखने बैठ गए। फ़िल्म की इकोनॉमिक्स पता है आपको ? इतने कर्ज़े सिर पर हो जाएँ तो कोई क्या करे। दूसरी बात, फ़िल्म हिट होगी या नहीं आपको पता था ? आप एक औसत देखिए कि साल में कितनी फ़िल्में हिट होती हैं। हिन्दी में दो सौ बनती हैं उनमें दो हिट होती हैं। जो 198 बनाते हैं, क्या यह सोचकर कि ये तो फ्लॉप होंगी ? और फिर फ्लॉप के बावजूद हर साल वही बनाते हैं। इन 198 वालों के लिए आपके पास कोई सवाल है कि आप फिर-फिर वही क्यों बनाते हैं ? आर.के. फिल्म्स की 'जोकर' से पहले तक सारी फ़िल्में हिट गईं और बाद में ? हिट या फ्लॉप का कोई फार्मूला नहीं होता। जैसा कि मैंने कहा, अपने समय के दर्शक से आपकी कम्युनिकेशन का सवाल है। और सवाल यह भी है कि आपने कम्युनिकेशन का कौन सा रास्ता चुना। आप कह सकते हैं कि एक ही व्यक्ति

अलग-अलग धारा की फ़िल्म कैसे बना सकता है। क्या वह अपनी प्रतिबद्धता से शिफ्ट होता है ? लेकिन आप देखेंगे कि बासु भट्टाचार्य ने, ऋषिकेश मुखर्जी ने या बासु चटर्जी ने फ्लॉप या हिट के बावजूद अपनी स्टाइल से या प्रतिबद्धता से नाता नहीं तोड़ा। इस सोसायटी में हर तरह के लोग हैं। अचम्भित होने की बात नहीं है। कुछ लोग ट्राई करते हैं कि शायद कोई पासा ठीक बैठ जाए और अन्ततः वे ट्रिक्स पर उतर आते हैं। यह अपना-अपना स्वभाव है, अच्छे या बुरे की बात नहीं है।

यशवन्त : *आपका स्कूल बिमल राय का कहा जाता है। बिमल दा की शैली को आप किस तरह देखते हैं ?*

गुलज़ार : वह पढ़ते बहुत थे। सीन लिखकर लाते थे नवेन्दु दा। तो डिस्कस करते थे, रिएक्शन देते थे जैसे मैंने 'बन्दिनी' में कहा कि लड़की जिस परिवेश की है वह बाहर जाकर नहीं गा सकती—'मोहे श्याम रंग देई दे...' तो इस पर काफी बात हुई। किसी चित्रकार, संगीतकार, लेखक या दार्शनिक अथवा रचनाकार की शख्सियत इन चीज़ों से झलकती है। वे चीज़ों में डूबते थे और तार्किकता के साथ रचनाकर्म में प्रवृत्त होते थे। इसलिए उनकी फ़िल्में दिल को छूती हैं।

विमल दा का ही एक स्कूल था उस समय या अमिय चक्रवर्ती थे जिनकी कोई अच्छी फ़िल्म आ जाती थी कभी-कभी। वरना विमल दा बहुत प्रॉमीनेंट और डॉमीनेंट थे उस समय। जिस तरह का यथार्थ उनकी फ़िल्मों में था वह दूसरों की फ़िल्मों में महसूस नहीं होता था। वे बहुत पोयटिक फ़िल्में बनाते थे। छोटे-छोटे लम्हों को पकड़ना और बनाना। यह विमल दा के ट्रीटमेंट का अपना स्टाइल था। दो बीघा जमीन, बन्दिनी और काबुलीवाला जैसा रिएलिज्म उस जमाने में और कहीं नहीं दिखाई देता था। एक शायर के तौर पर मुझे उनकी शैली बहुत करीब जान पड़ती थी। उस्ताद थे, उन्हीं के यहाँ काम किया। यही वजह थी कि उनका इन्फ्लुएंस था। मेरा खयाल है कि मेरी फ़िल्म में उनके मूड का, उस स्टाइल का एक्स्टेंशन है।

यशवन्त : *रचना किसी आदमी को किस हद तक निर्मल करती है ? क्योंकि कहा जाता है कि कला व्यक्ति को उदात्त बनाती है। मगर हम देखते हैं कि कभी-कभी एक अच्छे कलाकार का दूसरा पक्ष बिल्कुल काम्य नहीं होता। ऐसा लगता है जैसे रचना की शक्ति कोई यान्त्रिक प्रतिभा है जो प्रकृति*

प्रदत्त है। उसका अच्छे जीवन से कोई लेना-देना नहीं है। तो क्या अच्छा आदमी और अच्छा कलाकार दोनों अलग-अलग चीज़ें हैं ?

गुलज़ार : अच्छा आदमी हमेशा अच्छे कलाकार से ऊँचा होता है। अच्छे कलाकार का संघर्ष अच्छा आदमी बनने के लिए होता है। असली बात यह है कि आपकी प्रेरणा के स्रोत क्या हैं ? मेरा आपसे सम्बन्ध है तो उस रिश्ते से मैं क्या पाने की कोशिश करता हूँ। कौन सी चीज़ आपसे बाँटता हूँ। हर आदमी रिएक्ट करता है, प्रश्न पूछता है। अगर आप संवेदनशील हैं तो यह बात आपके लिए प्रेरणा बन जाएगी। क्योंकि मुझे यह बात प्रेरित करती है कि ये आदमी, जो जीवन के उस सारे इलाके से बँधा हुआ है। जहाँ-जहाँ यह घुलता-मिलता है और तनहा नहीं है सबको साथ लिये हुए है, मगर जब देखो तब अकेला रहता है। मुझे ये इंस्पायर करता है कि मेरे हर दुख में आकर मुझे वह न जाने कहाँ से आकर ढाढ़स दे गया। मैं जल रहा था, चश्मा दूर था। यह आदमी पता नहीं कहाँ से आया और मुस्कुराया...मेरी सारी आग ठंडी हो गई।

तो, जिससे आपके सम्बन्ध हैं और जिससे आप प्रेरित होते हैं वह सिर्फ़ एक व्यक्ति-भर नहीं है। उस पर आपकी किरण गिरकर लौटती है, अगर आपका ताल्लुक कमजोर है तो संवेदना का सूत्र टूट जाता है। आपकी प्रेरणाएँ खत्म हो जाती हैं और आप चीज़ों को यों ही लेने लगते हैं। प्रेरित तो सिर्फ़ वही बात करती है जो आपकी सेंसेबिलिटी को छू जाए। इतना हो जाना काफी होता है। एक आदमी को अच्छा बनाने के लिए और चाहे जो भी हो आपके मन में प्रेरणा प्राप्त करने की यह संवेदनशीलता बनी रह जाए, तो निर्मल होने की सीमाएँ खुली रहती हैं। हम अपनी रचना से लगभग इसी उम्मीद के साथ प्रतिकृत होते रहते हैं।

कितने निर्मल हो पाए, ये कहना मुमकिन नहीं
तलाश मुसलसल जारी है...
आओ, सारे पहन लें आईने
सारे देखेंगे अपना ही चेहरा
रूह ? अपनी भी किसने देखी है !

...चलिए
अब सुनते हैं मीरा की कहानी, गुलज़ार की जुबानी...

शुरुआत

प्रेमजी आए एक रोज़। सन् 1975 की बात है। साथ में बहल साहब थे—श्री ए.के. बहल। प्रेमजी ने बताया कि वह 'मीरा' बनाना चाहते हैं।

बस, सुन के ही भर गया ! यह ख़याल कभी क्यों नहीं आया ?

उस 'प्रेम दीवानी' का ख़याल शायद सिर्फ़ प्रेमजी को ही आ सकता था। बहुत कम लोग जानते हैं कि प्रेमजी को 'दीवान-ए-ग़ालिब' जुबानी याद है। ऐसी याददाश्त भी किसी दूसरे की नहीं देखी। उर्दू-अदब के सिर्फ़ शौकीन नहीं, दीवाने हैं; और अंग्रेज़ी में कल तक आख़िरी किताब कौन सी छपी है, बता देंगे, और यह भी कि :

'मार्केट में अभी आई नहीं। उसका 'थीम' कुछ ऐसा है...।'

किताबें जुबानी याद रखने की उन्हें आदत-सी हो गई है। ऐसे प्रोड्यूसर के साथ काम करना वैसे ही ख़ुशकिस्मती की बात है, और फिर 'मीरा' जैसी फ़िल्म पर !

अगस्त 1975 में 'मीरा' बनाने का फ़ैसला तय हो गया। 14 अक्तूबर, सन् 1975 को 'मीरा' के मुहूर्त का दिन निकला। दिन दशहरे का था।

यह ख़याल भी प्रेमजी का ही था कि मुहूर्त लताजी से करवाया जाए। आज की 'मीरा' तो वही हैं !

प्रेमजी ख़ुद बड़े शरमीले किस्म के इंसान हैं। बड़े से बड़ा काम करके भी ख़ुद पर्दे के पीछे ही रहते हैं। यह ज़िम्मेदारी उन्होंने मुझे सौंप दी।

लताजी मुहूर्त के लिए तो राज़ी हो गईं, लेकिन उन्होंने फ़ौरन हमारे कान में यह बात भी डाल दी कि वह इस फ़िल्म के लिए गा नहीं सकेंगी।

मौका और वक़्त ऐसा था कि बहस करना मुनासिब न समझा, सो मुहूर्त हो गया, लेकिन लगा कि कहीं एक सुर कम रह गया है !

भूषणजी दिल्ली से मीरा पर किताबों का सूटकेस भरकर ला चुके थे, और उन्हें पढ़ना, उलटना-पलटना शुरू कर चुके थे। किताबें बेहिसाब थीं, और मीरा कहीं भी नहीं ! यह रामकहानी आप भूषणजी की ज़ुबानी ही सुनिएगा। भूषणजी की याददाश्त भी कमाल की है; उन्हें जिल्द समेत किताब चट कर जाने की आदत है। और कहीं इतिहास की चर्चा छिड़ जाए तो बता देंगे—मोहनजोदड़ो में चींटियों के बिल कहाँ-कहाँ पर थे !

इतनी सारी उलझा देनेवाली बातों में से, ज़ाहिर है, कोई एक रास्ता अपनाना ज़रूरी था। छोटी-मोटी समझ-बूझ के अनुसार जो चुना वही आप फ़िल्म में देखेंगे। लेकिन इस फ़िल्म की आप-बीती भी मीरा के संघर्ष से किसी तरह कम नहीं।

सन् 1976 में स्क्रिप्ट तैयार हुई और जून 1976 से शूटिंग शुरू होनी थी। उम्मीद थी, आठ-दस माह में फ़िल्म की शूटिंग पूरी हो जाएगी।

'मीरा' के 'पति' की तलाश में उतनी ही दिक़्क़त हुई जितनी कि हेमा को अपनी ज़िन्दगी में...या कहिए, हेमा की ममी को बेटी का वर ढूँढ़ने में हुई हो, या हो रही हो ! कोई हीरो यह रोल करने के लिए तैयार न था। किस-किस की ड्योढ़ी पर शगुन की थाली गई, कहना मुश्किल है। ख़ुद कृष्ण होते तो शायद...। आख़िरकार अमिताभ मान गए।

उन्नीस जून उन्नीस सौ छिहत्तर को शूटिंग का पहला दिन था। इसीलिए मई में 'मेरे तो गिरधर गोपाल' की रिकॉर्डिंग रखी गई थी। सबसे पहले इसी गाने को फ़िल्माना था। लक्ष्मीकान्त प्यारेलाल को हम लताजी की मर्ज़ी बता चुके थे; उन्हें फिर भी यकीन था कि वे लताजी को मना लेंगे।

रिकॉर्डिंग से कुछ दिन पहले लक्ष्मीजी ने लताजी से बात की। और उन्होंने फिर इनकार कर दिया। लक्ष्मीजी दुविधा में पड़ गए। मुझसे कहा कि आप ख़ुद एक बार और लताजी से कहकर तो देखिए। मैंने फिर बात की लताजी से। उनके न गाने की वजह मुझे बहुत माकूल लगी। उन्होंने बताया कि मीरा के दो प्राइवेट एल.पी. (लाँग-प्ले रिकॉर्ड) वह गा चुकी हैं और जिस श्रद्धा के साथ उन्होंने मीरा के भजन गाए, उसके बाद अब वह किसी भी 'कमर्शियल' नज़रिए से मीरा के भजन नहीं गाना चाहतीं। मैंने उनका फ़ैसला लक्ष्मी-प्यारे तक पहुँचा दिया, और दरख़्वास्त की कि वह किसी और आवाज़ को चुन लें।

लक्ष्मीकान्त प्यारेलाल ने फ़िल्म छोड़ दी। इस फ़िल्म में म्यूज़िक देने

से इनकार कर दिया।

हमारे पास कोई रास्ता नहीं था। फ़िल्म का सेट लग चुका था। प्रेमजी बहुत परेशान थे, लेकिन उनके हौसले का जवाब नहीं; बोले :

'मीरा सिर्फ़ एक फ़िल्म नहीं है...एक मकसद भी है...बनाएँगे ज़रूर !'

गीतों को फ़िलहाल छोड़कर हमने 19 जून, सन् 1976 से फ़िल्म की शूटिंग शुरू कर दी। फ़िल्म में विद्या सिन्हा का प्रवेश अचानक हुआ। उस छोटे से रोल के लिए उसका एकाएक राज़ी हो जाना मुझ पर एक निजी अहसान था। शायद दूसरी कोई हीरोइन उसके लिए तैयार न होती। पहली शूटिंग हमने हेमा और विद्या के साथ की, और गौरी के साथ—जिसने ललिता का रोल किया है।

दो दिनों में यह सेट ख़त्म हो गया।

एक बार फिर 'वर' की तलाश शुरू हुई।

'मीरा' के लिए म्यूज़िक डायरेक्टर भी चाहिए था।

'पंचम' यानी आर.डी बर्मन, मेरे दोस्त। उनसे पूछा, वह भी तैयार न हुए। लताजी से न गवाकर वह किसी वाद-विवाद या कंट्रवर्सी में नहीं पड़ना चाहते थे।

इस नुक़्ते को लेकर किसी तरह के वाद-विवाद की बात मेरी समझ में भी नहीं आती थी। अब सभी तो दिलीपकुमार को लेकर फ़िल्में नहीं बनाते ! और अगर दिलीप साहब किसी फ़िल्म में काम न करें तो...क्या प्रोड्यूसर फ़िल्में बनाना छोड़ दें, या डायरेक्टर डायरेक्शन से हाथ खींच लें ? मुझे लगा—उन सबके 'कैरियर' सिर्फ़ एक आवाज़ के मोहताज हैं। उस आवाज़ के सहारे के बग़ैर कोई एक कदम भी नहीं चल सकता। बहरहाल यह मसला म्यूज़िक डायरेक्टर का था। कुछ हफ़्ते तो ऐसी परेशानी में गुज़रे कि लगता था, यह फ़िल्म ही ठप हो जाएगी। तभी फ़िल्म के आर्ट डायरेक्टर देश मुखर्जी ने एक दिन एक नाम सुझाया। और वह नाम फ़ौरन दिलो-दिमाग़ में जड़ पकड़ गया—पंडित रविशंकर !

पंडितजी बहुत दिनों से अमरीका में रहते थे। हिन्दुस्तानी फ़िल्मों में म्यूज़िक देना तो वह कब का छोड़ चुके थे !

पता-ठिकाना मालूम करना भी दूर की बात लगी, और फिर अगर वह मान भी जाएँ तो इतने गाने कब और कैसे रिकॉर्ड होंगे ? हर गाने की रिकॉर्डिंग के लिए उन्हें अमरीका से तो बुलवाया नहीं जा सकता। फिर भी, एक चिराग़ जला तो सही...चाहे बहुत दूर ही सही।

पाँच-सात दिन की कोशिशों के बाद हम दोनों के दोस्त हितेन चौधरी ने पंडितजी का फ़ोन नम्बर लाकर दिया, और बतलाया कि फ़लाँ तारीख को वह तीन दिन के लिए इस नम्बर पर लन्दन आकर ठहरेंगे। चाहें तो उनसे बात कर लीजिए। चौधरी साहब से अनुरोध किया : 'आप परिचय करवा दीजिए, हम बात कर लेंगे।'

पंडितजी लन्दन में थे। मैंने बात की।

आवाज़ अगर शख़्सियत से ढके पर्दों को खोलकर कोई भेद बता सकती है, तो मैं कह सकता हूँ—बातचीत के इस पहले मौके पर ही मुझे उम्मीद हो गई थी कि पंडितजी मान जाएँगे। इतनी बड़ी हस्ती होते हुए भी उनकी आवाज़ में बला की नम्रता थी। उनकी शर्त बहुत सादा और साफ़ थी—'मुझे फ़िल्म की स्क्रिप्ट सुना दीजिए। अच्छी लगी तो ज़रूर संगीत दूँगा।'

अगले दिन ही पंडितजी न्यूयॉर्क जा रहे थे। प्रेमजी ने फ़ौरन फ़ैसला कर लिया : 'आप न्यूयॉर्क जाइए और हितेन-दा को साथ ले जाइए। आप जो मुनासिब समझें, वह फ़ैसला कर आइए।'

हितेन-दा पुराने दोस्त हैं। मान गए। 31 जुलाई, सन् 1976 को मैं न्यूयॉर्क में था। लेकिन पंडितजी न्यूयॉर्क में नहीं थे।

तीन अगस्त को पंडितजी न्यूयॉर्क से लौट आए। उसी शाम उनसे पहली मुलाकात हुई। मुलाकात के आधे घंटे बाद ही मैंने स्क्रिप्ट सुनानी शुरू कर दी। पूरे दो घंटे चालीस मिनट लगे मुझे स्क्रिप्ट सुनाने में। उसके तीन मिनट बाद ही 'मीरा' को म्यूज़िक डायरेक्टर मिल गया !

बाकी सारी बातें हितेन-दा ने तय करा दीं।

लताजी से जो बात हुई थी, मैंने पंडितजी को बतला दी। उन्हें भी अफ़सोस ज़रूर हुआ कि लता गातीं तो अच्छा होता !

लताजी उन दिनों वाशिंगटन में थीं। दो दिन बाद मेरा वाशिंगटन जाना हुआ तो मैंने लताजी से बात की और यह बता दिया कि पंडितजी 'मीरा'

के लिए म्यूज़िक दे रहे हैं।

वहीं—'वाटरगेट होटल' में गायक मुकेशजी से ज़िन्दगी की आख़िरी मुलाकात हुई। शायद नसीब में ऐसा होना ही लिखा था। रविशंकरजी के चुनाव पर उन्होंने मुझे मुबारकबाद भी दी थी। वहीं, उसी दौरे में मुकेशजी का देहान्त हो गया।

न्यूयॉर्क में एक दिन निहायत खूबसूरत आवाज़ का फ़ोन आया :

'मैं फ़िल्मों में काम करना चाहती हूँ, लेकिन आप किसी को बताइएगा नहीं !'

'अरे,' मैंने हैरत से कहा, 'आप फ़िल्मों में काम करेंगी तो छुपाएँगी कैसे ?'

'छुपाने को थोड़ी ही कहती हूँ, आप बताइएगा नहीं ! लोग अपने-आप देख लेंगे !'

वह दीप्ती थी—दीप्ती नवल ! किसी न किसी रोज़, एक न एक फ़िल्म में आप उसे ज़रूर देखेंगे।

सोलह अगस्त तक मैं पंडितजी के साथ था। उनके बेहद व्यस्त प्रोग्राम में, जहाँ-जहाँ वक़्त मिला, वह मीरा के भजनों पर काम करते रहे, स्क्रिप्ट पर अपने नोट विस्तार से लेते रहे। सोलह अगस्त को जब लन्दन में पंडितजी के साथ आख़िरी बैठक हुई तो उस दिन तक बम्बई में हमारी रिकॉर्डिंग की तमाम तारीख़ें और स्टूडियो बुक हो चुके थे। और सबसे अहम बात जो तय हो चुकी थी, वह यह कि मीरा के गाने गाएँगी—वाणी जयराम।

नवम्बर के शुरू में पंडितजी हिन्दुस्तान पहुँचे। 22 नवम्बर, सन् 1976 से गानों की रिहर्सल शुरू हुई। 30 नवम्बर से महबूब स्टूडियो में वसन्त मुदलियार की देख-रेख में 'मीरा' के गानों की रिकॉर्डिंग शुरू हुई और 15 दिसम्बर, 1976 तक 'मीरा' का पूरा म्यूज़िक रिकॉर्ड हो चुका था ! एक व्यक्ति, जिसने अनथक मेहनत की इस काम को पूरा करने में, वह थे श्री विजय राघव राव, जो पंडितजी का दाहिना हाथ ही नहीं, दोनों हाथ हैं।

मीरा का संगीत पूरा हुआ, शूटिंग की तैयारी हुई और...।

अमिताभ बच्चन ने फ़िल्म छोड़ दी।

'वर' की तलाश फिर से शुरू हो गई।

फ़िल्म फिर रुक गई।

इस बार कई महीने लग गए। किसी नए कलाकार को भी लिया जा सकता था, मगर एक बड़ी मुश्किल थी कि उन्हीं दिनों 'मीरा' की ज़िन्दगी पर एक और फ़िल्म रिलीज़ हुई और फ़्लॉप हो गई। इंडस्ट्री में—मीरा की कहानी पर एक अभिशाप है—कहा जाने लगा। नए अभिनेता को लेकर प्रेमजी के लिए फ़िल्म बेचना ज़्यादा मुश्किल हो जाता। डिस्ट्रीब्यूटर्स की दिलचस्पी यूँ ही टूट रही थी। उनका खयाल था, प्रेमजी अब यह फ़िल्म पूरी नहीं कर पाएँगे। लेकिन एक बार फिर उनके हौसले की दाद देनी पड़ती है। चुपचाप वह अपने इन्तज़ाम में लगे रहे। मुझसे कहा : 'आप शूटिंग शुरू कीजिए। 'मीरा' खुद ही कोई रास्ता बताएगी। अगर वह अपनी लगन से नहीं हटी, तो हम क्यों हट जाएँ ?'

25 मई, सन् 1977 से इस फ़िल्म की बाक़ायदा शूटिंग शुरू हुई।

राजा भोज के दृश्यों को छोड़कर—जो भी शूटिंग मुमकिन थी—वह चलती रही। और फिर एक रोज़ अचानक ही राजा भोज मिल गए।

विनोद खन्ना राजा भोज का रोल करने के लिए तैयार हो गए।

वह महीना जनवरी का था, सन् 1978।

विनोद बस एक दिन के लिए सेट पर आए थे। बाकी तारीखें सितम्बर 1978 से शुरू होती थीं और इस हिसाब से नवम्बर तक फ़िल्म पूरी हो जाती थी।

अगस्त 1978 में विनोद खन्ना ने फ़िल्म-लाइन त्याग देने का फ़ैसला कर लिया।

जनवरी के उस एक दिन की बंदिश के लिए विनोद ने 'मीरा' पूरी करने की हामी भर ली थी। 'मीरा' समझिए कि बाल-बाल बच गई, वरना फिर वही तलाश शुरू हो जाती ! सितम्बर में विनोद ने शूटिंग शुरू की और इधर पंडितजी का तार भी मिला।

मुझे यह बताने की मोहलत नहीं मिली कि सन् 1976 में जब फ़िल्म का संगीत रिकॉर्ड किया गया था तो हमने सितम्बर 1977 की तारीखें फ़िल्म के बैकग्राउंड म्यूज़िक के लिए तय कर ली थीं। अब सन् 1978 आ चुका था और पंडितजी पूछ रहे थे कि फ़िल्म का बैक-ग्राउंड म्यूज़िक रिकॉर्ड

होना कब शुरू होगा ? क्योंकि इस साल सितम्बर में अगर बैक-ग्राउंड म्यूज़िक न रिकॉर्ड हो पाया, तो पंडितजी अप्रैल सन् 1979 तक हिन्दुस्तान नहीं आ पाएँगे !

प्रेमजी मुस्कुरा दिए। एक शेर पढ़ा :

रात दिन गर्दिश में हैं सात आसमाँ
हो रहेगा कुछ न कुछ घबराएँ क्या !

बड़ा प्यार आया प्रेमजी पर।

15 सितम्बर, 1978 से 20 सितम्बर तक के बीच फ़िल्म का बैक-ग्राउंड म्यूज़िक भी रिकॉर्ड कर लिया गया।

फ़िल्म का पूरा होना अभी काफ़ी दूर था। लेकिन पूरी फ़िल्म के हर सीन की अन्दाज़न लम्बाई निकालकर, बग़ैर फ़िल्म देखे, सिर्फ़ स्क्रिप्ट के भरोसे पर, हमने 'मीरा' का बैक-ग्राउंड म्यूज़िक पूरा कर लिया।

अक्तूबर से फिर शूटिंग शुरू कर ली। अब बैक-ग्राउंड म्यूजिक पहले था और 'सीन' बाद में।

नवम्बर में फ़िल्म खत्म हो रही थी जब बम्बई में पीलिया की बीमारी फैली। इंडस्ट्री के बहुत से कलाकार उसकी लपेट में आ गए।

पहली बार...हेमा की वजह से तारीख़ें कैंसिल हो गईं। बेचारी बीमारी की गिरफ़्त में आ गई।

विनोद की तारीख़ों का मसला फिर वैसे ही सामने खड़ा था।

हमारे एक 'मियाँ मुश्किल-कुशा' हैं—श्री तरन तारन। वही ऐसी मुश्किलें सुलझाते रहे हैं। यह मुश्किल भी उनके सामने रख दी।

दिसम्बर चल रहा था। ताजा ख़बर थी कि 30 दिसम्बर, 1978 को फ़िल्म ख़त्म कर पाऊँगा।

अंग्रेज़ी में कहते हैं न : 'टच-वुड !'

15 दिसम्बर, 1978

—गुलज़ार

निवेदन

अतीत मेरे लिए हमेशा ही बहुत रहस्यमय रहा है। अब तक की बनाई तमाम फ़िल्मों में यह अंग बहुत उभरकर सामने आया है। यहाँ तक कि मुझे ख़ुद भी यह महसूस होने लगा है कि बग़ैर 'फ़्लैश-बैक' के शायद मैं फ़िल्म नहीं बना सकता। अब तक की बनाई तमाम फ़िल्मों में 'फ़्लैश-बैक' एक ज़रूरी अंग रहा है—'अचानक' में सबसे ज़्यादा था यह अंग, और सबसे कम है 'मीरा' में—शायद इसलिए भी कि 'मीरा' की पूरी की पूरी कहानी ही एक 'फ़्लैश-बैक' है।

अतीत शायद सभी को मोहता है—मैं कहना चाहता हूँ 'फ़ैस्सिनेट' करता है। ख़ासतौर पर इतिहास। स्कूल में थे तो पास-पास के वक़्तों में लौट जाने को जी चाहता था—जैसे सुभाषचन्द्र बोस का ज़माना था। रासबिहारी बोस, भगतसिंह, नाना फड़नवीस के किस्से सुनते थे तो उन्हें देखने और छू लेने की इच्छा होती थी। अतीत को देखने और छूने की इच्छा हर साधारण आदमी में रहती है !

जिस दौर और माहौल में हम पैदा हुए थे, आज़ादी का आन्दोलन उस वक़्त ज़ोरों पर था और समझ में आता था। उससे बहुत ज़्यादा पहले का जमाना सिर्फ़ किताब-किताब ही लगता था। लेकिन तालीम के साथ-साथ जैसे इतिहास समझ में आने लगा, उससे पहले के ज़माने भी अच्छे लगने लगे। ख़ासतौर पर मुग़लों का ज़माना कमाल का लगता था—शाहजहाँ, जहाँगीर और अकबर का ज़माना।

ज़रा ग़ौर से देखें तो पसन्द का यह सफ़र हमेशा पीछे की तरफ़ चलता है। लगता है, जैसे-जैसे आदमी का कद ऊँचा होता जाता है, क्षितिज की रेखा और दूर होती जाती है और नज़र की हदें फैलती जाती हैं !

मुग़लिया दौर से पहले चौहान, मौर्यों और सिकन्दर का ज़माना,

सम्राट अशोक और गौतम बुद्ध का वक़्त। उम्र के साथ-साथ आदमी बहुत दूर-दूर तक निकल जाता है और फिर उन वक़्तों को ढूँढ़ता, देखता और छूने की कोशिश करता है। इसी देखने और छू लेने की ख़्वाहिश ने मुझे कई बार इतिहास के कई मोड़ों पर लाकर खड़ा कर दिया है। 'मीरा' उन्हीं में से एक मोड़ है।

इतिहास की गलियों से गुज़रते हुए एक और बात का अनुभव बड़ी गहराई से हुआ। कुछ इंसान इतने बड़े हुए हैं और वक़्त ने उन्हें इतनी ज़्यादा इज़्ज़त दी है कि उन्हें इंसान नहीं रहने दिया ! कहीं मूर्ति बना दिया, कहीं ग्रन्थ, कहीं सिर्फ़ एक शब्द, या बस एक नाम–जैसे कृष्ण।

पहले तो मानिए कि थे। और होंगे ज़रूर, क्योंकि प्रमाण मिलते हैं। हालाँकि वक़्त निश्चित करने में बड़ी कठिनाई होती है। और अगर थे तो ज़ाहिर है कि इंसान की जाति से थे। हर इंसान की तरह हाड़-मांस के बने होंगे। दो हाथ, दो पाँव होंगे। पाँव की पाँच उँगलियाँ होंगी; उँगलियों के नाख़ून होंगे। नाख़ून बढ़ते भी होंगे और काटे भी जाते होंगे...लेकिन वहाँ तक लोग जाने नहीं देते–'छुओ मत, वे भगवान हैं !'

उनकी महानता से इनकार नहीं–लेकिन इंसान की तरह आप उनके चरण भी नहीं छू सकते; मना है !

इतिहास की ऐसी हस्तियों को देखना और छूना मुश्किल हो जाता है।

मीरा के साथ भी कुछ ऐसा ही हुआ। अपने ज़माने की बहुत बड़ी कवयित्री और एक भरपूर–महान इंसान थीं।

लेकिन लोग अपने विश्वास की वजह से उन्हें इंसान की तरह देखने को तैयार नहीं होते। हालाँकि ऐसे होने से उनकी हस्ती किसी तरह छोटी नहीं होती, बल्कि वह जो असम्भव है, सम्भव होने लगता है।

ऐसी ही एक कोशिश मैंने 'मीरा' में की है।

एक दूसरी बात जो बहुत महत्त्व की है, वह है मीरा का वक़्त–मीरा का दौर, यानी वह वक़्त, वह दौर जिसमें मीरा थीं।

हैरत है कि बहुत लोग मीरा को कृष्ण के वक़्त का समझते हैं। चार सौ साल और पाँच हज़ार साल में बहुत फ़र्क है। यह भ्रम भी शायद इसीलिए है कि लोग मीरा को इंसान नहीं, सिर्फ़ भगवान ही समझते हैं, और सोचते हैं कि वह देवी-देवताओं के सतयुग में पैदा हुई होंगी–

कलियुग में ऐसी आत्मा काहे को मिलने लगी ? कृष्ण को चाहनेवाली जहाँ एक राधा थी—वहाँ एक मीरा भी होगी। तुलसीदास को भी बहुत से लोग रामचन्द्रजी का समकालीन समझते हैं, हालाँकि मीरा और तुलसीदास का वक़्त भी वही है जो अकबर और तानसेन का वक़्त है। यानी आज से मुश्किल से चार सौ साल पीछे। बल्कि आम लोगों को समझाने के लिए उस तारीख को और आसान करके यूँ कहा जा सकता है कि मीरा के ज़माने में भी कुतुबमीनार वहीं पर था जहाँ आज है...लाल किला और ताजमहल अभी नहीं बने थे, लेकिन हिन्दुस्तान में बेशुमार मस्जिदें बन चुकी थीं। मथुरा में द्वारिकाधीश का मन्दिर इसी प्रकार था और बनारस का दशाश्वमेध घाट आज की तरह ही प्रसिद्ध था। यमुना नदी इसी तरह कदम्ब के वृक्षों को छूकर गुजरती थी—और यह कि वहाँ, जहाँ आप खड़े हैं, कभी मीरा खड़ी थी। आप बिल्कुल उसके पैरों के निशान के ऊपर खड़े हैं।

क्या आप सोच सकते हैं कि मीरा यमुना की गीली रेत पर खड़ी थी और जब चलने के लिए मुड़ी तो पैर की जूती वहीं अटकी रह गई ? पैर रेत पर पड़ा और सन गया। मीरा ने हाथ से जूती निकाली और चल के पानी तक आई, पैर धोया और जूती पहन ली। यमुना-तट पर आने तक जूती मीरा के हाथ में थी...!

यह कहीं लिखा नहीं है। किसी इतिहास में दर्ज नहीं है, और न कोई दर्ज की जानेवाली बात ही है। मीरा की जीवनी लिखते हुए कोई इतिहासकार इस बात का ज़िक्र भी नहीं करेगा। लेकिन मीरा के जीवन पर फ़िल्म बनाते हुए अगर ऐसा दिखाई दे जाए तो उसके लिए मुझसे इतिहास का हवाला माँगना बहुत बेजा होगा, क्योंकि रेत पर चलते हुए ऐसा हो जाना स्वाभाविक है, और ज़्यादा सही लगता है।

मीरा के वक़्त को सही और सच्चा बनाने के लिए मैंने इस तरह की आज़ादी कई जगह पर ली है। शूटिंग करते हुए अगर कोई मक्खी बार-बार भोजराज के दुशाले पर बैठी है तो मैंने उसे उड़ा देने की ज़हमत नहीं की। इसलिए कि यह तब भी मुमकिन था और आज भी मुमकिन है।

कुछ आज़ादी मुझे रस्मों के बारे में भी लेनी पड़ी है। हर जगह पर कई-कई तरह की रस्में मिलती हैं। माला पहनने से लेकर मन्त्र-उच्चारण तक हज़ारों राय हैं, रस्में हैं, रिवाज़ हैं। कभी कुछ सही लगता है और

कभी कुछ। हर आदमी, जिसकी भी मदद चाही, वह अपने-आपको 'अथॉरिटी' बताता है। दाएँ-बाएँ बैठने से लेकर दूल्हा के सेहरा पहनने तक—सभी सवालों पर मतभेद मिलते हैं। दुलहिन पहले कौन सा कदम घर में रखेगी, इस पर भी बहस हुई है। जहाँ मुमकिन हुआ है, मैंने वह 'शॉट' ही नहीं लिया। लेकिन जहाँ किसी रस्म को बग़ैर देखे गुज़रना नामुमकिन हो गया, वहाँ किसी एक राय को ही सही मानकर मैंने शूटिंग की है। ज़ाहिर है कि मैं खुद उन तमाम प्रसंगों पर कोई 'अथॉरिटी' नहीं हूँ। जानकारी की तमाम कोशिशों के बावजूद कोई ऐसी ग़लती रह गई हो तो माफ़ी चाहता हूँ।

एक और बात—मीरा के गीत। बहुत से गीतों के मुखड़े और अन्तरे अलग-अलग गीतों से हैं। इसकी दो वजहें हैं। एक तो यह कि मैं मीरा के गीतों को ज़्यादा से ज्यादा समेट लेना चाहता था। दूसरे यह कि कुछ गीत ऐसे भी हैं जिनके मुखड़े और अन्तरे एक ही 'मूड' का बयान नहीं करते। और फ़िल्म में मीरा के किसी एक 'मूड' को बयान करने के लिए उसके बहुत से गीतों को पिरो लेना सही ही नहीं, जायज़ भी लगा।

एक सवाल जो आम तौर पर मुझसे पूछा गया है, वह यह कि :

'मीरा को आपने ज़हर का प्याला पिलाया है ?'

'जी हाँ !'

'वह मरी ?'

'नहीं।'

बड़ी हैरत से पूछा गया :

'क्यों ?'

अगली बार जब वही सवाल पूछा गया तो मैंने जवाब दिया :

'मर गई !'

फिर उतनी ही हैरत से पूछा गया :

'क्यों ? मीरा तो नहीं मरी थी !'

इस सवाल के गिर्द आप बरसों घूमते रहिए; लोगों को किसी भी एक जवाब से सन्तोष नहीं होगा। वजह यह कि लोग खुद भी इसी दुविधा के शिकार हैं। 'चमत्कार' में विश्वास करना चाहते हैं, लेकिन उसके लिए उन्हें वैज्ञानिक तर्क चाहिए। और जब वैज्ञानिक तर्क मिल जाता है तो कहते हैं कि 'भावना' निकल गई। यह मसला हर आम हिन्दुस्तानी का है। अन्धविश्वास रखना भी नहीं चाहते और छोड़ना भी नहीं चाहते !

'मीरा' फ़िल्म में मैंने कोई चमत्कार नहीं रखा। लेकिन ऐसी किसी दलील का इस्तेमाल भी नहीं किया कि 'मीरा' की 'भावना' मन से निकल जाए। इसलिए कि प्रेम की उस भावना में मैं खुद विश्वास रखता हूँ, जिसने मीरा को 'मीरा' बना दिया था, और जिस 'मीरा' के लिए मैंने यह फ़िल्म बनाई है। मीरा कमाल की प्रेमिका थी और कमाल की कवयित्री !

मीरा के अलावा उस वक़्त के जो और बहुत से पात्र और बड़ी-बड़ी हस्तियाँ फ़िल्म में नज़र आएँगी, उनके बारे में भी दो-एक बातें कह देना बहुत ज़रूरी है।

आज हम मीरा की पूजा करते हैं, उससे प्यार करते हैं और कोई भी, जिसने मीरा को तकलीफ़ दी या उससे असहमत हुआ, वह हमें अच्छा नहीं लगता और उसे हम मीरा का दुश्मन मान लेते हैं—जिसे फ़िल्म की ज़ुबान में हम आसानी से 'विलेन' कह देते हैं।

विक्रमजित बहुत से लोगों की नज़र में 'विलेन' था। ऊदा उसी हिसाब से 'वैम्प' थी। मेरा इस बात से थोड़ा सा मतभेद है। इसलिए, कि हम मीरा को आज की नज़र से देखते हैं। इतने सारे बरसों के बाद हम जानते हैं कि वह एक बहुत बड़ी आत्मा थी, लेकिन उस वक़्त में होते तो शायद हम भी उसकी गरिमा और महानता को न समझ पाते। यह इतिहास में होता रहा और होता रहेगा। बड़े-बड़े लोग, बड़ी-बड़ी आत्माएँ अपने वक़्तों में नहीं पहचानी गईं। यह ईसा के साथ भी हुआ था, सुकरात के साथ भी हुआ, और मीरा के साथ भी। बहुत करीब की मिसाल चाहिए तो महात्मा गांधी को भी हम लोग गोली मार देने से चूके नहीं !

इन हालात में अगर मीरा को उसके परिवारवालों ने नहीं पहचाना तो हैरत की कोई बात नहीं। उन्हें अगर मालूम होता कि मीरा इतिहास में इतनी बड़ी हस्ती बननेवाली है तो शायद उनका बरताव उसकी तरफ़ कुछ और होता। लेकिन उनके हिसाब से तो इतिहास में वह खुद अमर रहनेवाले थे—क्योंकि वह राजा थे ! मीरा तो महज़ घर की बहू थी, भाभी थी या—जो भी जिसका रिश्ता रहा हो। आज भी घर की बहू-बेटियाँ बिना आज्ञा के घर से निकल जाएँ तो घर के बड़े बर्दाश्त नहीं कर पाते। आज से चार सौ साल पहले, जबकि 'विमेन लिब' (नारी स्वतन्त्रता) की बात कहीं ध्यान में भी नहीं आ सकती थी, उस वक़्त मीरा के पति या मीरा के ससुर या जेठ या ननद कैसे यह बात बर्दाश्त कर लेते ! लोग हँस के देखते होंगे। ताने दिए जाते होंगे :

'राजघराने की बहू है, गली-गली फिरती है !'
'फ़कीरों में बैठती है।'
'भिखमंगों की तरह रहती है !'

राज-परिवारवालों पर, सोचिए, क्या गुज़रती होगी ?

दया-करुणा उन लोगों में भी थी, लेकिन उस ख़ानदानी आनबानवाले लोगों को गुस्सा भी आता ही होगा। हम लाख उस आनबान को झूठी या दुनियावी-दिखावा कह लें—लेकिन वह सब आज की बात है, उस वक़्त की नहीं। आज की बात तो यह है कि लड़की घर से भाग जाए तो लोग शर्म से उसका क्रियाकर्म (!) कर देते हैं या खुद आत्महत्या कर लेते हैं। और उस वक़्त अगर बेटी को जहर देकर मार दिया तो क्या सचमुच हैरत की बात है ? क्योंकि उन लोगों के लिए तो 'बेटी' घर से भागी थी, या 'बहू' भाग गई थी—मीरा नहीं। मीरा फिर आज की बात है। बहुत से ऐसे पात्रों के साथ मैंने बड़ी हमदर्दी और सहानुभूति से काम लिया है। किसी को बुरा लगे तो नाराज़ न हों।

हर कला की अपनी एक बन्दिश होती है।

मीरा के भजन कई धुनों में गाए जा चुके हैं, कई तरह के साज़ों के साथ सुरबन्द किए गए हैं। मीरा ने उन्हें खुद शायद किसी और ही धुन में गुनगुनाया हो। शायद कभी कोई साज़ हो, इकतारा हो, या मँजीरा हो, और शायद कभी सिर्फ़ खड़ाऊँ की खट-खट से ही ताल दे ली हो, लेकिन उन भजनों की तर्ज़ बदलने से या साज़ बदल जाने से उनकी प्रामाणिकता (authenticity) कम नहीं होती। इसी तरह मीरा के जीवन को बहुत से लोगों ने अपनी-अपनी तरह अपने-अपने 'माध्यम' से सुनाया है।

'स्क्रीन-प्ले' (पटकथा) की कुछ अपनी बन्दिशें हैं। बहुत सी घटनाएँ, जो लम्बे-लम्बे कालान्तर के साथ हुईं, 'स्क्रीन प्ले' में पास-पास नज़र आएँगी, जिसका उद्देश्य इतिहास को बेतरतीब करना नहीं, बल्कि मीरा के व्यक्तित्व को सही तौर पर उभारना है।

जैसे ललिता ने मीरा को कब छोड़ा, इस बारे में कई राय हैं। लेकिन सही यह है कि ललिता ने मीरा को छोड़ा ज़रूर था। उसे 'स्क्रीन प्ले' में रखते वक़्त मैंने एक 'ड्रामेटिक' मोड़ पर रख दिया है। इससे घटना की

सच्चाई में कोई फ़र्क नहीं पड़ता।

बहुत से सवाल जो मीरा से उस वक़्त पूछे जाते थे और जिनके जवाब वह यदा-कदा देती रही, उन्हें एक जगह समेटकर 'धर्म-अदालत' में रख दिया गया है, क्योंकि वह 'स्क्रीन-प्ले' की असरदार 'फ़ार्म' है। उसके अलावा किताबों में सवाल-जवाब तो सब मिलते हैं, लेकिन जगह का कहीं जिक्र नहीं। ज़ाहिर है, वे सवाल मीरा को रास्ते में रोककर नहीं पूछे गए थे। उसके अलावा जगह-जगह धर्म-आचार्यों के साथ मीरा के तर्क-वितर्क का ज़िक्र भी मिलता है। किसी भी सूरत में, मैंने विषय-वस्तु (Content) को बदलने की कोशिश नहीं की, बल्कि कोशिश की है कि मीरा की 'भावना' बनी रहे। इन दृश्यों में, मीरा की 'भावना' अगर बनी रहती है तो मैं समझता हूँ, इस फ़िल्म का उद्देश्य भी पूरा हो जाता है।

अगर मैं कहूँ कि मीरा के जीवन से प्रेरणा लेकर, उसे मैंने ख़ुद अपनी धुन में सुरबन्द किया है तो क्या बहुत ग़लत होगा ?

भोज की मौत मैंने नहीं दिखाई। युद्ध पूरी प्रामाणिकता के साथ फ़िल्माना मेरे लिए मुमकिन नहीं था। इसलिए सिर्फ़ माहौल कायम रखा है। फ़िल्म का अन्त मीरा के व्यक्तित्व की एक 'ड्रामेटिक' छाप है। उसे एक प्रतीक मान लें, एक मैटाफ़ॅर समझ लें...और मीरा का सन्देश समझें...वह असलियत ज़रूर है, असल-नुमा बेशक न हो। वह 'रीयल' (real) है, 'रीयलिस्टिक' (realistic) नहीं—क्योंकि 'रीयलिस्टिक' बनाने के लिए अगर मीरा का सारा विधवा-जीवन दिखाता और 83 या 90 या 97 वर्ष की उम्र तक, जो वह ज़िन्दा रही, वह सब दिखाता, तो फ़िल्म शायद मीरा की 'उम्र' होती, उसकी 'ज़िन्दगी' नहीं !

मंज़रनामा

निर्माता : प्रेमजी
निर्देशन : गुलज़ार
संगीत : पंडित रविशंकर
छायांकन : के. वैकुंठ
नृत्य निर्देशन : गोपी कृष्ण
पटकथा संवाद : गुलज़ार
सहायक अनुसन्धान : भूषण बनमाली

पात्र

हेमा मालिनी : मीरा
विनोद खन्ना : भोजराज
श्रीराम लागू : बीरमदेव
ओम शिवपुरी : महन्त
भारत भूषण : तानसेन
दीना पाठक : कुँवर बाई
दिनेश ठाकुर : जयमल
टी.पी. जैन : पुजारी
सुधा चोपड़ा : ऊदाबाई
शम्मी कपूर : विक्रमजित
अमज़द खाँ : अकबर
विद्या सिन्हा : कृष्णा

1

(जंगलों के बीच से दो घुड़सवार जा रहे थे। एक था बीरमदेव और दूसरा था उनका पुत्र जयमल। दोनों आपस में बातें कर रहे थे सिसौदियों की।)

जयमल : सिसौदियों की सहायता हम नहीं करने के, बाबा–सा। आखिर क्यों करें सहायता सिसौदियों की ? राजा विक्रमजित ने ऐसा कौन सा भला किया है हमारे साथ ?

(बीरमदेव जयमल की तरफ़ देखकर।)

बीरमदेव : सवाल सिसौंदियों के भले का नहीं है, जयमल ! सवाल यह है कि जिस दिन विक्रमजित हार गया मुगलों से, उस दिन हमारी बारी आएगी।

जयमल : जब आएगी बारी, देख लेंगे। बाबा सा। कटकर मर जाएँगे, लेकिन अकबर के घर बहन ब्याहने नहीं जाएँगे।

(बीरमदेव ने घोड़े को दौड़ते हुए, एक बार अपने बेटे जयमल को देखा।)

बीरमदेव : हूँ, यह अच्छा नहीं किया मानसिंह ने, लेकिन...।

(बाप बेटे में थोड़ी देर ख़ामोशी रही, बीरमदेव ख़ामोशी को तोड़ते हुए बोले।)

बीरमदेव : जयमल !

जयमल : जी हुक्म !

(कुछ सोचकर)

बीरमदेव : देखो, तुम राजा की तरह नहीं, पिता की तरह बुलाया करो हमें।

(यह सुनकर जयमल के चेहरे पे एक मुस्कान उभरी और कहा)

जयमल : जी, पिताजी ! आप कुछ कहने लगे थे, पिताजी।

बीरमदेव : मुझे लगता है, इतिहास कोई बहुत बड़ी करवट लेनेवाला है। इस बार ऊँट किसी न किसी करवट ज़रूर बैठेगा।

(न समझते हुए जयमल ने पूछा।)

जयमल : मतलब ?

(बीरमदेव ने जयमल को एक पल देखा और जवाब दिया।)

बीरमदेव : आज ही ख़बर मिली है...अकबर के यहाँ लड़का हुआ है।

जयमल : तो ?

बीरमदेव : जोधाबाई से...मानसिंह की बहन।

जयमल : तो ?

बीरमदेव : वह 'मुगल राजपूत' हिन्दुस्तान का युवराज है, हिन्दुस्तान की राजगद्दी पर बैठेगा।

(जयमल के तेवर बदले।)

जयमल : अगर ज़िन्दा रहेगा तब न...!

(दोनों घुड़सवार क़िले के करीब पहुँच गए और उनके घोड़ों ने सरपट दौड़ते हुए सिंहद्वार में प्रवेश किया।)

बीरमदेव : तुम सिर्फ़ मेड़ता की हदबन्दी में सोचते हो, जयमल...मेड़ता सिर्फ़ मेड़ता है...राजपूतों की एक टुकड़ी...मेड़ता हिन्दुस्तान नहीं है।

जयमल : तो आप क्या चाहते हैं ? क्या करना चाहिए, बाबा सा ?

बीरमदेव : अकबर की राज सत्ता माननी पड़ेगी...और अगर लड़ना है तो विक्रमजित से मिल जाना चाहिए... वरना अकेले-अकेले सब..

(दोनों महल के करीब पहुँचे।)

2

(बीरमदेव की पत्नी राज रानी कुँवरबाई ने आगे बढ़कर दोनों का स्वागत किया। जयमल ने माँ के चरण छुए और पूछा।)

जयमल : माँ ! कृष्णा कहाँ है ?

माँ : अरे, ज़रा दम तो ले...आते ही बहन की फ़िक्र हो गई। कभी माँ को भी पूछा है इस तरह ?

(बाप-बेटे आकर, पास रखे बड़े-बड़े सोफे पर बैठे। हँसते हुए जयमल ने कहा।)

जयमल : तुम तो यहीं हो न माँ, वह बेचारी तो कुछ दिन के लिए है...कल ब्याही जाएगी तो चली जाएगी।

(बीरमदेव ने अपनी पगड़ी उतारकर वहीं रखी और पास के सोफे पे बैठ गया।)

बीरमदेव : अजमेरवालों के यहाँ से जो रिश्ते की बात आई थी उसका...?

(जयमल ने पिता के प्रश्न का जवाब दिया।)

जयमल : होली के दिनों में जाऊँगा, तो मिलके आऊँगा...मैंने कहलवा दिया था...।

(कृष्णा भैया और पिता का आना सुनकर सीढ़ियों से उतरती हुई आई भैया के पास।)

कृष्णा : भैया ! क्या लाए मेरे लिए ?

(जयमल ने एक पोटली निकालकर कृष्णा को दी।)

जयमल : यह ले...देख।

(कृष्णा ने उसको खोलकर देखा। उसमें कंगनों की जोड़ी थी, और फिर पूछा।)

कृष्णा : और मीरा के लिए...?

(जयमल ने एक दूसरी डिबिया खोलकर दिखाई।)

जयमल : उसने यह अँगूठी माँगी थी...!

(कृष्णा ने उस अँगूठी को देखा।)

कृष्णा : यह तो हीरा है...वह कहाँ पहनेगी ? उसे तो मंगल चाहिए था।

(पास बैठी राज रानी हँस पड़ी और कहा।)

कुँवरबाई : वह तो एक जोगन पैदा हो गई इस घर में। मैं तो कहती हूँ, पहले उसी को ब्याह दो...छोटी है तो क्या हुआ ? मुझे तो बेटी से भतीजी का बोझ ज्यादा लगता है।

(बीरमदेव भी यह सुनकर हँस पड़े।)

बीरमदेव : हाँ, अच्छा है...मैं तो कहता हूँ, एक ही दिन ब्याह दो दोनों को...।

(कृष्णा तुरन्त ही बोल पड़ी।)

कृष्णा : एक ही से ?

(सभी बैठे लोग ज़ोर से हँस पड़े।)

माँ : बहुत पाजी है यह लड़की।

(कृष्णा को कुछ याद आया और उसने जयमल से पूछा।)

कृष्णा : भैया ! और मेरा हज़ारी हार ? वह तो मैं भूल ही गई।

जयमल : और यह भी भूल गई मैंने कहा था तुम्हारे दहेज में दूँगा।

बीरमदेव : अब यह न पूछना, दहेज कब मिलेगा ?

(कृष्णा लजाते हुए पिता के पास आकर खड़ी हो गई और कहा।)

कृष्णा : वह मालूम है मुझे।

बीरमदेव : कब मिलेगा ?

कृष्णा : जब शादी होगी।

बीरमदेव : और शादी कब होगी ?

कृष्णा : जब दूल्हा मिलेगा।

(तभी माँ बोली)

माँ : बस, वही मिलना मुश्किल है तेरे लिए।

कृष्णा : क्या, माँ ?

बीरमदेव : तुम भी इसे वैसी ही कुछ सिखा दो ना, जैसा मीरा को उसकी माँ सिखा गई थी।

3

(रनिवास-महल के साथ जुड़ा मीरा का कृष्ण मन्दिर था। मीरा बैठी थी। उसके हाथों में एक लाल रंग की कापी थी जिसमें वो अपनी रचनाओं को लिखती। मीरा गुनगुना रही थी, कृष्ण भगवान की मूर्ति को देखते हुए।)

मीरा : मेरे तो गिरधर गोपाल दूसरो न कोई,
जाके सर मोर मुकुट मेरो पति सोई,
मेरे तो...

(मीरा की गुनगुनाहट सुनकर ललिता तेज़ी से मन्दिर में आई और मीरा के पास आकर बैठी। मीरा के हाथों से वो पुस्तिका लेकर लिखना शुरू किया जो मीरा गुनगुना रही थी।)

मीरा : कोई कहे कारो, कोई कहे गोरो,
लियो है अँखियाँ खोल,
कोई कहे हलको, कोई कहे भारी,
लियो है तराजू तोल,

मेरे तो गिरधर गोपाल दूसरो न कोई।

(कृष्णा भी मीरा की गुनगुनाहट सुनकर मन्दिर में आई और जयमल की दी हुई अँगूठी मीरा की उँगली में पहना दी। मीरा गाती रही। ललिता लिखती रही।)

मीरा : कोई कहे, कोई कहे चवड़ै
लियो है बजंता ढोल
तन का गहणा मैं सब कुछ दीन्हा
दियो है बाजूबंद खोल।
मेरे तो गिरधर गोपाल, दूसरो न कोई
जाके सर मोर मुकुट मेरो पति सोई
मेरे तो...

(मीरा वो अँगूठी जो अभी कृष्णा ने पहनाई थी उतारकर श्रीकृष्ण की उँगली में पहनाइ)

4

फ्लैश-बैक

(किसी और राजमहल में एक आवाज़ उभरी सूत्रधार ने कहा।)

आवाज़ : कहावत है कि मीरा जब छोटी थी तो उसकी माँ एक दिन। *(माँ की आवाज़ आई)* मीरा...

(छोटी मीरा ने झरोखे से बाहर देखा, एक बरात जा रही थी। माँ आकर उसे ले गई।)

माँ : चल, कंघी-चोटी कर ले।

(माँ उसे लेकर घर की दहजीज पे बैठ गई और उसके बाल सँवारने लगी।)

मीरा : यह किसकी बरात थी ?

माँ : रुक्मणी की...बड़ी हवेलीवाले ताऊजी हैं न, उनकी बेटी की शादी है।

मीरा : और वह घोड़े पर कौन बैठा है ?

माँ : रुक्मणी का दूल्हा...निश्चल बैठ ना ! हिलती रहती है।

मीरा : तो मेरा दूल्हा कहाँ है ?

माँ : वह है सामने—गिरधर गोपाल।

(माँ ने बेटी को चुप कराने के लिए घर के मन्दिर में रखी श्रीकृष्ण भगवान की मूर्ति को दिखा दिया। मीरा कुछ सोचकर फिर से पूछती।)

मीरा : मगर वह तो बहुत छोटा है।

माँ : तुम कौन सी बड़ी हो।

मीरा : और जब मैं बड़ी हो जाऊँगी तो ?

(तभी मीरा के चाचा बीरमदेव अन्दर आए और कहा।)

बीरमदेव : यह तुमसे भी बड़ी हो जाएँगी।

माँ : देवरजी, आइए पधारिए।

(मीरा की कंघी-चोटी हो चुकी। उठते हुए कहा)

मीरा : माँ, मैं भी रुक्मणी दीदी को अपना दूल्हा दिखाऊँगी।

माँ : अच्छा, अच्छा...

(मीरा चली गई। माँ ने बीरमदेव से पूछा।)

माँ : क्या पीएँगे, देवरजी।

बीरमदेव : कुछ नहीं। बाहर ड्योढ़ी पर बाबा मिल गए थे, वहीं छाछ पी लिया उनके साथ।

(मीरा की माँ कंघी-शीशा उठाने लगी। बीरमदेव ने फिर से कहा।)

बीरमदेव : भाभी, मैं मीरा के लिए आया था। आपकी देवरानी का विचार है कि कृष्णा जिस पाठशाला में जाती है,

वहीं मीरा का भी प्रवेश करा दें, बाबाजी के पास कब तक पढ़ेगी।

माँ : हूँ...! जैसा आप ठीक समझें।

5

(मन्दिर के आँगन में पाठशाला लगी थी लड़के और लड़कियाँ अलग-अलग पंक्तियों में बैठे हुए थे। मीरा उसकी सहेली ललिता और कृष्णा भी साथ-साथ बैठी थीं। पंडितजी पढ़ा रहे थे।)

पंडित : कबीर ने कहा :

जल में कुम्भ है, कुम्भ में जल है,
बाहर भीतर पानी।
फूटा कुम्भ, जल जलहिं समाना
चह तत कध्यों ज्ञानी।

अर्थात् शरीर के न रहने से परमात्मा और आत्मा एकाकार हो जाएँगे।

(ललिता जो मीरा के पास बैठी थी कुछ देखकर कहा।)

ललिता : पंडितजी, मीरा ने कविता लिखी है।

पंडितजी : अच्छा ! लाओ तो देखें।

(मीरा नहीं चाहती थी पंडितजी को दिखाना जो उसने लिखा था, पर ललिता ने उस पुस्तिका को पंडितजी को दे दिया। पंडितजी ने पुस्तिका लेकर ज़ोर-ज़ोर से पढ़ना शुरू किया।)

पंडितजी : नाच के रिझाऊँगी, मैं नाच के रिझाऊँगी
चुप चुप साँवरे को बोलना सिखाऊँगी

(यह पढ़कर पंडितजी बोले।)

पंडितजी : वाह...सुन्दर लिखा है। मीरा, जितना सुन्दर लिखा

है तुमने, इतना ही सुन्दर तुम्हारा भविष्य होगा... सदा लिखती रहना...नाम और यश पाओगी।

6

(राज पुरोहित रानी कुँवरबाई के महल में बैठा मीरा तथा कृष्ण की कुंडलियाँ देख रहा था। दोनों के भविष्य के बारे में बताते हुए और कुंडलियों पर से नज़र ना हटाते हुए कहा।)

राज पुरोहित : ब्याह तो दोनों ही के भाग्य में नहीं है, बहनजी।

(कुँवरबाई आश्चर्य से भर गई और पूछा।)

कुँवरबाई : आप क्या बात कर रहे हैं, गुरुजी।

राज पुरोहित : अचरज तो मुझे भी हो रहा है, परन्तु...यह कुंडलियाँ तो सही हैं न ?

कुँवरबाई : हाँ, बिल्कुल सही हैं।

(मीरा वहाँ आई और राज पुरोहित को देखकर कहा।)

मीरा : किसकी कुंडली देख रहे हैं, गुरुजी ?

(कुँवरबाई नहीं चाहती मीरा को कुंडलियों के बारे में बताना।)

कुँवरबाई : तू जा, बेटी।

राज पुरोहित : बेटी, ज़रा हाथ तो देखें !

(मीरा ने वहाँ बैठकर अपना हाथ दिखाया। पंडितजी ने कुछ देर तक ध्यान से देखा)

राज पुरोहित : ठीक है,...बेटी जाओ।

मीरा : क्या देखा, गुरुजी ?

राज पुरोहित : बड़ा भाग्यशाली हाथ है। जाओ, फिर बताएँगे।

(मीरा वहाँ से चली गई।)

राज पुरोहित : हाथ में ब्याह की रेखा तो है...किसी राजघराने में

जाना चाहिए।

कुँवरबाई : इस घर की बेटी राजघराने में नहीं जाएगी तो क्या नटों के घर जाएगी ? आपने तो डरा दिया था मुझे।

राज पुरोहित : डर-भय की ज़रूरत नहीं है, बहनजी। परन्तु कुंडली में कुछ अन्तर ज़रूर है। एक बात कहूँ...यह होली की पूर्णिमा आएगी ना, उसके बाद एक अमावस और एक पूर्णिमा तक इन दोनों के खाए, पीए का ख़याल रखना...बाहर से कुछ खाने मत देना, कहीं कोई विष ही न खिला दे। *(कुछ सोचकर)*

राज पुरोहित : केवल शंका है, बस ! लड़ाई-झगड़े के दिन हैं। यूँ भी राठौड़ और सिसौदियों के बैर पुरखों पुराने हैं...कहीं कोई बुरा ही कर बैठे तो ?

(राज पुरोहितजी ने कुंडली उठाई और कहा)

राज पुरोहित : यह कुंडलियाँ मैं लिये जाता हूँ...जाँच-बाँच के फिर आऊँगा, जय श्रीकृष्ण।

कुँवरबाई : जय श्रीकृष्ण।

(राज पुरोहितजी के जाने के बाद दासी को बुलाया घड़ियाल पर चोट करके।)

दासी : जी हुक्म।

कुँवरबाई : मीरा-कृष्णा कहाँ गई हैं...देख तो ?

दासी : वह तो देवा की किश्ती लेकर झील में गई हैं, हुक्म।

कुँवरबाई : ओफ़ ! वही हुआ ना...झील के उस पार तक जाएँगी। कृष्ण के मन्दिर में। सिसौदियों का इलाका है; किसी ने कुछ कह दिया तो ?

दासी : मीरा रानी तो श्रीकृष्ण की बहुत भक्त हैं, हुक्म।

कुँवरबाई : भक्त तो हम भी हैं, पर वह तो दिवानी हुई जाती है।

7

(मीरा, कृष्णा और ललिता, तीनों देवा की किश्ती में बैठी झील पार कर रही थीं। मीरा गुनगुना रही थी।)

मीरा : ए री मैं तो प्रेम दिवानी मेरो दर्द न जाने कोय
ए री मैं तो प्रेम दिवानी
मेरो दर्द न जाने कोय...

(मीरा ने कृष्णा की ओर देखा तो कृष्णा ने पूछा।)

कृष्णा : किसका प्रेम डस गया हमारी मीरा को ?

(मीरा ने गीत की पंक्ति को जोड़ा।)

मीरा : घायल की गति घायल जाने
कि जिन लागी होय
मेरो दर्द न जाने कोय

कृष्णा : इस कवयित्री से तो सीधी बात करना ही मुश्किल है।

(मीरा हँस पड़ी। कृष्णा ने ज़िद किया।)

कृष्णा : बता न, कौन है ?

मीरा : वही...विषरोगी...जो मुझमें प्रेम का विष घोल गया।

कृष्णा : ओ हो...कभी तो इस जग की बात किया कर...यहाँ की...इस तन की...इस मन की।

(मीरा ने मुस्कुराकर कहा।)

मीरा : इस मन की ही बात कर रही हूँ।

कृष्णा : तो फिर जाकर मन्दिर में बैठकर 'राधेश्याम-राधेश्याम' जपा कर...

(मीरा राधा के नाम से चिढ़ गई।)

मीरा : राधा के श्याम...हूँ...। मीरा के श्याम क्यों नहीं...?

(कृष्णा ने समझाने की चेष्टा की)

कृष्णा : सुन, बाबाजी बताते थे, अगर महाभारत सच्ची है

और श्यामं थे कभी, तो उनको भी पाँच हज़ार साल से ज्यादा, सात हज़ार साल हो गए...वह क्या फिर आएँगे तेरे लिए ?

(मीरा ने सहज ही 'हाँ' कहा)

मीरा : हूँ...कहा नहीं था...जब कोई मन से याद करेगा तब आऊँगा।

(ललिता ने छेड़ते हुए कहा)

ललिता : और अगर राधा भी साथ आई तो ?

(तीखे स्वर में मीरा ने कहा)

मीरा : क्यों ? वह क्यों आएगी ?

(नाविक देवा ज़ोर-ज़ोर से हँसा। कृष्णा ने घूरकर उसको देखा।)

कृष्णा : क्यों रे देवा, तू क्यों हँसता है ?

(देवा ने कहा।)

देवा : मीरा दीदी राधा से जलती हैं...जैसे सौतन। औरत जात सब एक समान होती हैं।

(सभी लोग हँसे, नाव झील के किनारे लगी। सभी नाव से उतरे। देवा ने सतर्क होकर कहा।)

देवा : जल्दी आना जीजी, सीपैये आ गए तो मुश्किल खड़ी कर देंगे।

ललिता : बस, मन्दिर से होके आते हैं।

(घाट से लगभग जुड़ा हुआ ही वहाँ एक कृष्ण मन्दिर था जो नगर से दूर होने के कारण लगभग सूना पड़ा रहता था। किन्तु उस मन्दिर में कृष्ण की मूर्ति बड़ी सुन्दर थी। मीरा ने एक बार वह छवि कृष्ण की देखी थी तब से ही उस मूर्ति से एक विशिष्ट प्रकार का मोह हो गया था। अक्सर वह वहाँ छुप-छुपाकर पहुँच जाती थी और अपनी पूजा-अर्चना करके चुपचाप ही लौट जाती थी। उन तीनों को आते देखकर

मन्दिर का पुजारी आगे बढ़ा, वह पहचानता था उन्हें। मीरा मन्दिर के लिए विशेष रूप से एक पंच-दीपिका लाई थी। उसे पुजारी के हाथ में देते हुए कहा।)

मीरा : मन्दिर के लिए पंच-दीपिका लाई हूँ, पंडितजी।

पंडितजी : जीती रहो, बेटी...आओ, अन्दर आ जाओ।

(सभी लोग मन्दिर के अन्दर गए और उसकी दीवारों को देखते हुए कृष्णा ने कहा।)

कृष्णा : यह मन्दिर इतना उजड़ा-उजड़ा क्यों है, महाराज ? क्या भक्त नहीं आते यहाँ ?

(इसी दौरान मीरा, कृष्ण भगवान की मूर्ति को सजाने लगी।)

पंडितजी : आते हैं, बेटी...कम आते हैं। राजघराना तो देवी की पूजा करता है न, इसलिए प्रजा भी दुर्गा के मन्दिर में ज्यादा जाती है।

(पंडित जी ने मुस्कुराकर मीरा की तरफ़ देखा।)

पंडितजी : और फिर वहाँ प्रसाद भी तो ज्यादा मिलता है।

(मीरा थोड़ा-सा मुस्कुराई किन्तु वह पूजा में लगी रही। उसने भगवान कृष्ण को खूब सजाया-सवाँरा। मीरा का कृष्ण भगवान को सजाना उसके प्रेम को दर्शा रहा था।)

(कृष्णा मन्दिर से बाहर आई और क्या देखा दो सिपाही, देवा नाविक को पकड़े मन्दिर की तरफ़ आ रहे थे। कृष्णा ने उन्हें रोका और पूछा।)

कृष्णा : एइ, कहाँ ले जा रहे हो इसे ?

(देवा बीच में बोल पड़ा)

देवा : जीजी, आप किश्ती लेकर चले जाओ...हम देख लेंगे इन्हें।

सिपाही : ओह ! तो इन लोगों के साथ आए हो, मेड़ता से।

(कृष्णा दो कदम आगे बढ़ी और कहा।)

कृष्णा : छोड़ो इसे।

सिपाही : इसे तो नहीं छोड़ सकते, बीवी...लेकिन आप भी वापस नहीं जा सकतीं।

पहला सिपाही : क्या जानते नहीं, मेड़तावाले इस तरफ़ कदम नहीं रख सकते ?

(अकस्मात् कृष्णा ने एक सिपाही की मियान से तलवार खींच लिया। सिपाही ने तलवार पकड़ने की कोशिश में अपनी उँगलियाँ घायल कर लिया। कृष्णा ने एकदम राजपूतनियों की शान से नंगी तलवार दिखाते हुए कहा।)

कृष्णा : छोड़ते हो कि नहीं।

(तभी दूर से एक घुड़सवार इनके पास आके रुक गया। वेश-भूषा से वो राजघराने का लगता था। एक सिपाही ने आगे बढ़कर उन्हें बताया।)

सिपाही : ये मेड़तिये हैं हुकुम। इसकी किश्ती से आए थे मेड़ता से।

(घुड़सवार ने ध्यान से कृष्णा को देखा।)

घुड़सवार : राजघराने से लगती हैं आप ?

कृष्णा : हाँ...

घुड़सवार : सर से दुपट्टा लो।

(कृष्णा ने पल्लू सर पर लिया, घुड़सवार ने फिर से पूछा।)

घुड़सवार : बीरमदेव की बेटी हैं ?

कृष्णा : राजा बीरमदेव कहो ?

(मीरा मन्दिर से बाहर निकली और आश्चर्य से वो इस घटना को देखने लगी और कृष्णा से पूछा।)

मीरा : क्या हुआ कृष्णा ?

(घुड़सवार ने घूमकर मीरा की तरफ़ देखा। मगर वहाँ से एक ऐसा लशकारा पड़ा कि उसे आँखों पर हाथ रखना पड़ा। घुड़सवार ने घूमकर कृष्णा से कहा।)

घुड़सवार : क्या जानती नहीं कि मेड़तावालों को इस इलाक़े में कदम रखना मना है। क्या भूल गई कि जयमल ने हमारे कुलगुरु के हाथ-पाँव बँधवाकर वापस भेज दिया था ?

(इसके बाद घुड़सवार ने सिपाहियों को आदेश दिया।)

घुड़सवार : छोड़ दो इन्हें। और आइन्दा कोई मेड़तिया, कदम रखे इस तरफ़, तो मुंडियाँ काटकर बहा देना झील में।

(उसने घोड़ा मोड़ा और एड़ लगाई। घोड़ा हवा से बातें करने लगा और दूसरे पल आँखों से ओझल हो गया।)

(सिपाही ने देवा को छोड़ दिया। मन्दिर का पुजारी डरा हुआ बाहर आया और कहा।)

पुजारी : जाओ बेटी, जल्दी जाओ ! फिर कभी देख लिया तो हम पर कहर टूटेगा राजा का।

कृष्णा : ये थे कौन ?

पुजारी : पहचाना नहीं ! खुद राजकुँवर थे...राजा विक्रमजित के छोटे भाई, राजा भोजराज।

(कृष्णा सिर हिलाकर रह गई।)

कृष्णा : हूँ...चलो मीरा।

(सब नाव की ओर चले गए।)

8

(राजा विक्रमजित महल के बरामदे को पार करते हुए, साथ चलते मुख्यमन्त्री से कहा।)

विक्रमजित : अगली अमावस तक...यानी लगभग एक महीने तक युद्ध बन्द रहेगा। अकबर का यह प्रस्ताव हमने स्वीकार कर लिया है। हमारा होली का त्यौहार है और अकबर उसी रोज़ वलीअहद बेटे के जन्म पर जश्न मनाना चाहता है।

मन्त्री : बादशाह ने यह दिन मुकर्रर करने में बड़ी दूरंदेशी से काम लिया है।

विक्रमजित : हाँ...उसकी दूरंदेशी तो हम उसी दिन भाँप गए थे, जिस दिन राजपूतों के घर में उसने शादी की थी।

(मन्त्री यह सुनकर चुप रहा विक्रमजित ने फिर कहा।)

विक्रमजित : इस एक महीने के वक़्त में फौजों को फिर से तैयार करना पड़ेगा...एक-एक सिपाही इस वक़्त एक-एक दस्ते की कीमत रखता है...। राजपूत लड़ते-लड़ते थक चुके हैं, उन्हें हर तरह का आराम दिया जाए।

मन्त्री : जो हुकुम।

विक्रमजित : भोजराज कहाँ हैं ?

मन्त्री : नई फौजों का इन्तज़ाम करने चित्तौड़ गए हैं।

विक्रमजित : उन्हें फौरन उदयपुर बुलाइए।

(राजा विक्रमजित अपने निजी कक्ष में आए। राणा के सामने एक तश्तरी में एक सन्देश मन्त्री लाया। विक्रमजित ने उसे उठाया और जैसे अपने आप से कहा।)

विक्रमजित : अकबर का पैगाम...।

मन्त्री : जी...हुकुम...?

(विक्रमजित ने पत्र खोलकर पढ़ा। फिर उसे

तश्तरी में फेंकते हुए कहा।)

विक्रमजित : अकबर ने बेटे के जश्न पर न्योता भेजा है। लिखा है...युद्ध तो फिर भी लड़ेंगे, होली का त्यौहार है और हमारे बेटे का जश्न...क्यों न एक बार गले मिल लें।

(विक्रमजित यह पढ़कर हँसा...)

विक्रमजित : बिल्कुल अकबर जैसी बात है।

(पास खड़े मन्त्री ने पूछा।)

मन्त्री : आप क्या...मेरा मतलब है...इस जश्न में...?

विक्रमजित : जाएँगे नहीं...मगर तोहफ़ा ज़रूर भेजेंगे...आखिर मानसिंह से हमारी भी रिश्तेदारी है।

9

(अकबर का महल, अपने नौ के नौ रतनों के साथ वहाँ खड़ा और कुछ सोच के कहना शुरू किया।)

अकबर : हिन्दुस्तान के कोने-कोने से हमें मुबारकबाद के पैगाम और तोहफ़े मौसूल हुए हैं। और जानते हो मियाँ तानसेन, हीरे-जवाहरात से लेकर किशमिश, बादाम, चिलग़ोजे और...काबुल से, जानते हो, क्या भेजा गया है हमें ?

(तानसेन ने यह सुनकर अकबर की तरफ देखा। अकबर ने फिर बोलना शुरू किया।)

अकबर : हींग...हाँ, हींग...हमारे शैदाई जानते हैं कि मूँग की दाल में हमें हींग का बघार अच्छा लगता है...वह जान गए हैं कि हम यहाँ के रहनेवाले हैं...हिन्दुस्तान के...हम हिन्दुस्तानी हैं बुख़ारा और समरकन्द से आए हुए हमला-आवर नहीं। हमारे बाप-दादा की

कब्रें हमारी गवाही देती हैं कि हम हिन्दुस्तानी हैं आज लोग हमें अकबर-ए-आज़म के साथ-साथ 'महाबली' कहकर पुकारते हैं...हम ख़ुश हैं कि हमारे तख़्त के वली-अहद की तैमूरिया रगों में राजपूती खून भी शामिल है...लेकिन राजपूतों ने हमारे 'नूर-ए-नज़र' की पैदाइश पर क्या तोहफ़ा भेजा है, जानते हैं, मानसिंह ?

(अकबर चलकर मानसिंह के पास आया और उसने ताली बजाई। एक गुलाम एक बड़ी सी थाल लिये हुए उनके करीब आकर खड़ा हो गया।)

(अकबर ने उस थाली की तरफ पल-भर के लिए देखा फिर उस पर से पड़ा कपड़ा हटा दिया। थाली में सँपेरे की बीन पड़ी हुई थी। अकबर ने मानसिंह से पूछा।)

अकबर : पहचानते हो, यह क्या है ?

(मानसिंह सँपेरे की बीन देखकर, बिल्कुल चुप सा हो गया। अकबर के बोलने का स्वर फिर से ऊँचा हो गया।)

अकबर : यह बीन है, बीन...जो सँपेरे, साँपों को बहलाने के लिए बजाते हैं।

(कुछ सोचकर अकबर ने धीमे स्वर में मानसिंह से पूछा।)

अकबर : बजानी आती है ?

(मानसिंह चुप। अकबर ने फिर ऊँचे स्वर में बोला।)

अकबर : राणा विक्रमजित सिंह ने यह तोहफा भेजा है हमें...ताकि उस साँप के बच्चे को, जो पैदा हुआ है, बहलाने के लिए हम सीख लें !

(मानसिंह ने अकबर के करीब आकर धीरे से

कहा।)

मानसिंह : मैं शर्मिन्दा हूँ महाबली।

(अकबर ने मानसिंह को नम्र स्वर में कहा।)

अकबर : नहीं, मानसिंह...शर्मिन्दा हम हैं कि हम खुद को नहीं समझ पाए। हिन्दुस्तान के शियाओं ने क्या तोहफा भेजा है हमारे लिए, जानते हो अबुल फ़ज़ल ?

(अकबर चलकर अबुल फ़ज़ल के पास आया और ताली बजाकर एक रकाबदार को बुलाया। वो भी एक बड़ा-सा थाल लेकर आया।)

अकबर : अबुल फ़ज़ल, ज़रा पोशाक हटाकर देखो !

(अबुल-फ़ज़ल ने काँपते हाथों से कपड़ा हटाया। थाल में जनेऊ, तिलक, चन्दन तथा मन्दिर की घंटी रखी नज़र आई। अकबर ने उस सामान की तरफ इशारा करके कहा।)

अकबर : चन्दन का तिलक, यह जनेऊ और आरती करने के लिए घंटी भेजी गई है।

(यह देखकर वहाँ पे खड़े सभी लोग आश्चर्य में आ गए और चुप से हो गए।)

अकबर : हमें हिन्दू होने का ताना दिया गया है। फ़ज़ली, हम अपने वली-अहद का मज़हब जानना चाहते हैं... एक ऐसा मज़हब, जो मन्दिर और मस्ज़िद से अलग, उसे अपनी कौम और वतन का नाम बता सके...कोई ऐसा मज़हब...

(यह कहते-कहते अकबर की आँखें नम हो गईं और वह तेजी से वहाँ से निकल गया।)

10

(होली का दिन था, मेड़ता के राजमहल में चारों तरफ होली का माहौल था। हर कोई एक-दूसरे को रंगों से भिगो देना चाहता था। राजा भोजराज इस होली के दिन में बीरमदेव से मिलने आया था। उसे भी लोगों ने रंगों से भिगो दिया। चेहरे पर गुलाल पुता हुआ था। कृष्णा, मीरा की बहन जो खुद भी होली खेल रही थी उसकी नज़र भोजराज पर पड़ी। भोजराज ने भी उसे देखा।)

भोज : नमस्ते !

कृष्णा : नमस्ते !

(दोनों एक-दूसरे को देखकर चुप हो गए। फिर कुछ पल के बाद भोजराज ने पूछा।)

भोजराज : जयमल है घर पर ?

कृष्णा : वह तो अजमेर गए हैं...आप यहाँ तक कैसे पहुँच गए ? क्या मेड़तियों ने पहचाना नहीं राजकुँवर को ?

(भोजराज ने मुस्कुराकर कहा)

भोज : नहीं...होली के रंगों ने परदा कर लिया।

कृष्णा : रंगों ने नहीं, होली के त्यौहार ने बख़्श दिया...वरना झील में मुंडियाँ बहानी यहाँ भी आती हैं राजपूतों को।

(मीरा भी वहाँ आ गई और भोजराज से अनजान थी।)

मीरा : कृष्णा, चल झील के पार मन्दिर...

(इतना कहते-कहते मीरा की नज़र भोजराज पर पड़ी और बोल पड़ी)

मीरा : उई माँ...बड़ा सख़्त पहरा देते हैं आप। झील-पार जाना तो दूर, झील-पार की सोचने भी नहीं देते

आप।

(भोजराज ने आगे बढ़कर कहा)

भोज : झील के पार कोई काम हो तो मुझे बता दीजिए... यूँ तो हम मेड़तियों को वहाँ कदम नहीं रखने देंगे।

(कृष्णा ने यह सुनकर गुस्से से कहा।)

कृष्णा : बड़ा हठ है आपका। मेड़ता में खड़े होकर आप इस तरह बात करते हैं।

(तभी कृष्णा और मीरा के पीछे से बीरमदेव आए जो रंगों से सराबोर थे और बेटी से पूछा।)

बीरमदेव : कौन है, बेटी ? किससे लड़ रही हो ?

(भोजराज ने उन्हें पहचानकर उनके पाँव छुए।)

भोज : मैं राजा विक्रमजित का भाई हूँ...भोजराज ! भाईजी का सन्देश लेकर आया था।

(बीरमदेव ने भोजराज को ऊपर से नीचे तक देखा।)

बीरमदेव : बहुत बड़े हो गए हो...बहुत वर्ष पहले देखा था, मीरा, ला, गुलाल दे तो !

(बीरमदेव ने मुट्ठी में गुलाल भर लिया और कहा।)

बीरमदेव : आओ, होली तो मिलो।

(दोनों एक दूसरे से गले मिले।)

(बीरमदेव भोजराज के कन्धे पर हाथ रखके महल के दूसरे हिस्से में ले गए।)

11

(पूरे महल में होली का माहौल था। भोजराज और बीरमदेव दोनों महल के अन्दर जा रहे थे और बातचीत भी कर रहे थे।)

भोज : और भाईजी ने कहलवाया है, आप जहाँ कहें, वहीं मिलने को तैयार हैं। उन्हें मेड़ता में आकर खुशी होगी, अगर उनके यहाँ आने से आपकी शान में कोई कमी न आए।

बीरमदेव : क्या बात करते हो, बेटा। उनके यहाँ आने से हमारी शान बढ़ेगी, कम नहीं होगी। अपने भाई को यहाँ भेजकर मुझे जो मान उन्होंने दिया है, वह मैं खुद ही चलकर चुकाऊँगा। सुना है, वह चित्तौड़ लौट आए हैं ?

भोज : जी हाँ ! युद्ध कुछ दिनों के लिए बन्द है...और वह चित्तौड़ में ही रहेंगे।

(बात करते हुए दोनों लोग दूसरे कक्ष में पहुँचे)

12

(बीरमदेव और विक्रमजित दोनों आपस में बातचीत कर रहे थे। बीरमदेव विक्रमजित से मिलने उनके महल में आए थे।)

विक्रमजित : एक-एक सिपाही की जान एक-एक दस्ते से ज्यादा कीमती है। एक-एक मुट्ठी फौज लेकर हम कब तक अकबर से लड़ते रहेंगे...कब तक लड़ सकेंगे ?

(बीरमदेव ध्यान से विक्रमजित की बातचीत सुन रहे थे)

विक्रमजित : राजपूतों में एकता ज़रूरी है। अगर हम और आप एक हो जाएँ तो मैं आपको विश्वास दिलाता हूँ कि छोटी-मोटी दूसरी रियासतें...मेरा मतलब है जसलमेर वगैरह तो यूँ ही आकर हमसे मिल जाएँगी। आपका क्या विचार है ?

बीरमदेव : मैं तो खुद एक अरसे से यही सोच रहा था। अगर

हम एक बार अजमेर वापस ले लें तो अकबर हमारी शर्तों पर समझौता करने के लिए तैयार हो जाएगा...और इस मामले में मैं आपके साथ हूँ...

(बीरमदेव ने हाथ बढ़ाया। विक्रमजित ने बढ़ाकर उनका हाथ अपने हाथ में लिया)

विक्रमजित : राठौड़ों और सिसौदियों का बैर खत्म हुआ...आज से दोस्ती का नया अध्याय शुरू होगा...मेरी एक इच्छा है...

बीरमदेव : कहिए न ?

विक्रमजित : भोज को आप अपनी बरखुरदारी में ले लीजिए !

(कोने में बैठा भोज यह सुनकर, अपने भाई विक्रमजित की तरफ देखा। एक हल्की सी मुस्कान उसके चेहरे पे दौड़ पड़ी।

बीरमदेव : और भोज का क्या विचार है ?

(भोज इसके जवाब में सिर्फ़ इतना कहा)

भोज : जो आज्ञा...!

13

(कृष्णा मीरा को खोजते हुए, महल के कृष्ण मन्दिर में पहुँची और आवाज़ दी।)

कृष्णा : मीरा...!

(मीरा कृष्ण भगवान की मूर्ति के पास बैठी उनके लिए माला बना रही थी। कृष्णा मीरा को देखकर बोली)

कृष्णा : हूँ; सारा महल ढूँढ़ आई और तू यहाँ बैठी है, अपने उनके साथ लगके।

(फिर शरारत से छेड़ा।)

कृष्णा : कहीं भाग जाएँगे क्या ? भरोसा नहीं है इनका ?

(मीरा ने श्रीकृष्ण के गले में माला डाली और कहा।)

मीरा : एकतरफ़ा प्रीत है ना, क्या करूँ ? एक तो तूने नाम ले लिया इनका, कहीं इन्हें भी ले जाए तो ?

कृष्णा : ओह हो-हो ! आई बड़ी—मुझे ज़रूरत नहीं तुम्हारे इस कालू की।

(मीरा के होंठों पर शरारत उभर आई)

मीरा : हूँ...तो आज सुबह-सुबह धूप कौन जला गया था ?

कृष्णा : वह तो...मैं आई थी...आशीर्वाद माँगने के लिए ?

मीरा : किसके लिए ? वह जो झील-पार बसता है, उसके लिए ?

कृष्णा : झील-पार कौन ?

मीरा : वही, जो मुंडियाँ बहाया करता है झील में।

(कृष्णा ने लजाकर संकोच से कहा)

कृष्णा : दुश्मन है, दुश्मन !

मीरा : दोस्ती करने गए हैं चाचा।

(मीरा हँसती है)

मीरा : इतना चिढ़ती क्यों है तू ? ललिता कह रही थी, उसका चित्र बनाने की कोशिश कर रही थी कल ?

(कृष्णा का चेहरा एकदम लाल हो. गया और गुस्से में कहा)

कृष्णा : ललिता ने कहा तुमसे ?

मीरा : हूँ !

कृष्णा : मैं देखती हूँ, ललिता की बच्ची को...।

(तभी ललिता वहाँ अनजाने से आ गई)

ललिता : क्या हुआ, जीजी ? मुझे कहा कुछ...?

(कृष्णा ने गुस्से में पूछा)

कृष्णा : इधर आ तू।

(कृष्णा के पास ललिता आई)

कृष्णा : तूने क्या कहा मीरा से ?

ललिता : क्या कहा...?

कृष्णा : कल कौन सा...किसका चित्र बना रही थी मैं ?

(मीरा ने कृष्णा के पीछे से ललिता को इशारा कर दिया और वो समझ गई, फिर से छेड़ा)

ललिता : वह...वह...वह जो किसी सिसौदिया राजा की तस्वीर बना रही थीं, वह ?

कृष्णा : सिसौदिया तेरा सिर ! घोड़े की तस्वीर बना रही थी...उसमें सिसौदिया कहाँ से आ गया ?

(ललिता ने डर के पीछे हटते हुए कहा।)

ललिता : उस पर बाद में किसी राणा को भी बिठानेवाली थीं न...

(कृष्णा गुस्से से दाँत भींचते हुए उसकी ओर बढ़ी)

कृष्णा : ललिता की बच्ची, मैं आग लगा दूँगी अगर...मीरा, देखो यह...।

(कृष्णा, जैसे ही वह मीरा की तरफ़ घूमी, देखा कि मीरा वहाँ नहीं थी। फिर वहाँ से ललिता की ओर जो घूमी तो देखा, ललिता भी भागी जा रही थी वह मीरा के पीछे भागी और चिल्लाकर पुकारा)

कृष्णा : मीरा...

(दोनों एक-दूसरे के पीछे भागते हुए बरामदे के दूसरी तरफ़ निकल गई थीं)

14

(बीरमदेव, विक्रमजित से मिलने के बाद, अपने राज्य मेड़ता में पहुँचे। सीधे वो महल में आए,

जहाँ रानी कुँवरबाई ने उनका स्वागत किया। बीरमदेव ने हाथ की रेशमी थैली उसे देते हुए कहा।)

बीरमदेव : हम कृष्णा की शादी तय कर आए हैं, यह शगुन की मिश्री है, मुँह लगाओ। जयमल कहाँ है ? जय...!

(बीरमदेव ने जब कुँवरबाई की तरफ़ देखा तो वो बुत सी बनी खड़ी थी। वह उसके निकट आया और पूछा।)

बीरमदेव : क्या हुआ, कुँवरबाई ? ऐसी हैरत से क्या देख रही हैं आप, हम तो अगली पूर्णिमा की तारीख भी तय कर आए हैं...।

(कुँवरबाई यह सुनकर बोल पड़ी)

कुँवरबाई : बेटी सिसौदियों के घर जाएगी ?

बीरमदेव : हाँ, कुँवरबाई। इस शादी को चाहे कुर्बानी समझो—लेकिन इस वक़्त राजपूतों को एकता की सख़्त ज़रूरत है और उसके लिए यह समझौता है...।

कुँवरबाई : लेकिन जयमल जो...।

बीरमदेव : उसे मैं समझा लूँगा।

(जयमल भी कुछ देर पहले यहाँ आ चुका था, जो माता-पिता की बातें सुन रहा था। उनके सामने आकर बोला)

जयमल : यह सम्भव नहीं होगा, हुकुम। सिसौदियों के घर भेजकर मैं अपनी बहन की बलि नहीं दूँगा, बाबा सा।

(बीरमदेव उसे देखते रह गए। जयमल ने आवेश में अपनी बात आगे बढ़ाया।)

जयमल : वह देखिए, अजमेरवालों के यहाँ से शगुन की थालियाँ भी पहुँच चुकी हैं...।

(बीरमदेव ने उस तरफ़ देखा, पचासों थाल

फल-फूल मीठे से भरे पड़े थे। जयमल एक कदम आगे बढ़कर कहा।)

जयमल : और अगली पूर्णिमा की तारीख मैं भी पक्की कर आया हूँ। बाबा सा।

(यह सुनकर बीरमदेव, बेहाल से वहीं आसन पर बैठ गए और कहा जयमल को)

बीरमदेव : जयमल, अन्धेर हो जाएगा...अन्धेर हो जाएगा अगर...जयमल, अगर यह शादी सिसौदियों के घर से टूट गई तो, तो अनर्थ हो जाएगा !

(जयमल ने विश्वासपूर्वक आगे बढ़कर कहा।)

जयमल : आप घबराते क्यों हैं, बाबा सा। युद्ध ही होगा न ! अब तो अजमेरवाले भी हमारे साथ हैं...अब देख लेंगे उन सिसौदियों को, अगर...

(अचानक बीरमदेव ने गुस्से से जयमल की बात काटते हुए कहा)

बीरमदेव : चुप रहो ! हर वक़्त मर-मिटने की बहादुरी मत दिखाया करो मुझे ! भेड़-बकरियों के कटने से इतिहास नहीं लिखे जाते, जयमल। गाजर-मूली की तरह काट दिए जाओगे, अगर इस वक़्त भी एक न हुए ! लड़ना है, मरना है, तो किसी मकसद के लिए मरो, किसी आदर्श के लिए जान दो...। तलवार का धनी हो जाने से आदमी सूरमा नहीं हो जाता। सिर्फ़ तलवारबाज़ होता है। मरना है तो किसी सूरमा की मौत मरो !

(बीरमदेव एक पल को रुके। जयमल इसी बीच कुछ कहने की कोशिश की।)

जयमल : लेकिन अजमेरवालों को...?

(यह सुनकर बीरमदेव ने चिल्लाकर उसे चुप कराया)

बीरमदेव : जाओ, और जो मैं कहता हूँ, वही करो। जाकर

समझाओ अजमेरवालों को। यह शादी मेरी बेटी की नहीं है, राठौड़ों की शादी है...सिसौदियों से...

(घर के सभी लोग मीरा, कृष्णा, ललिता, कुँवरबाई सब के सब साँस रोके बाप, बेटे की बातें सुन रहे थे। एक पल की चुप्पी के बाद बीरमदेव फिर से बोले)

बीरमदेव : जाओ, जयमल...जाओ...

(जयमल एक बार माँ की तरफ़ देख आक्रोश से, फिर घूमकर चला गया।)

15

(जयमल को गए तीन दिन हो गए थे मगर वह अभी तक नहीं लौटा था। बीरमदेव का स्वास्थ्य ठीक नहीं था। वो खाँसते हुए अपने निजी कक्ष में इधर-उधर टहल रहे थे। पास में कुँवरबाई बैठी थी उनसे पूछा)

बीरमदेव : जयमल लौटा नहीं अभी ?

(कुँवरबाई ने अपना सर झुका लिया)

कुँवरबाई : अभी कोई खबर नहीं आई।

(बीरमदेव ने खुद से कहा)

बीरमदेव : आ...जाएगा। शायद कल तक आ जाए। शादी की तैयारियों में कोई कमी तो नहीं ?

कुँवरबाई : नहीं...

बीरमदेव : द्वीपमहल हम कृष्णा के दहेज में देंगे और उसका हज़ारी हार...वह तो जयमल खुद देगा बहन को। लेकिन कृष्णा...

बीरमदेव : कृष्णा का विचार क्या है ?

(कुँवरबाई ने शान्त स्वर में कहा)

कुँवरबाई : राजपूत लड़कियों के विचार वही होते हैं, जो उनके माँ-बाप के विचार हों !

(मीरा कब कुँवरबाई के पीछे आकर खड़ी हो गई किसी को पता नहीं चला और इनकी सारी बातें भी सुनी उसने, बीरमदेव फिर बोले)

बीरमदेव : हाँ, राजपूतानियाँ अगर सती होकर मर सकती हैं तो सती होकर जी भी सकती हैं।

(कुँवरबाई की आँखें भर गईं और उठकर वहाँ से चली गईं। उनके पीछे-पीछे मीरा भी गई... बीरमदेव चिन्तापूर्ण मुद्रा में फिर टहलने लगे।)

16

(शादी के केवल दो दिन बाकी रह गए थे। जयमल अभी तक अजमेर से नहीं लौटा था। बीरमदेव बहुत अधिक चिन्ता में थे। पहले से उनकी सेहत भी बदतर हो गई थी। कुँवरबाई अलग चिन्ता में थीं। बीरमदेव उनके पास आए।)

बीरमदेव : परसों पूर्णिमा है और...जयमल वापस क्यों नहीं लौटा ? अभी तक कोई ख़बर भी नहीं उसकी ?

(सभी लोग चिन्तित थे कोई अशुभ समाचार नहीं मिले)

17

(पूर्णिमा से एक रात पहले सारी रात बीरमदेव सो नहीं सके। उनके कक्ष से उनके निरन्तर

खाँसने और कराहने की आवाज़ आती रही।)

18

(सूर्य उदय हो चुका था। बीरमदेव अपने महल की छत से झील के उस पार देख रहे थे। वहाँ सिसौदियों की बरात पहुँच चुकी थी। महल के बाईं ओर बड़े से मैदान में अजमेरवाले भी बरात लेकर पहुँच चुके थे। सभी के खेमे गड़ चुके थे।)

(बीरमदेव ने भी देखा और कुँवरबाई ने भी। शुभ और मंगल कार्य के समय बहुत कुछ अशुभ होनेवाला था। कुँवरबाई ने कहा)

कुँवरबाई : अब क्या होगा ? बरात तो दोनों तरफ़ से पहुँच गई हैं। अजमेरवाले सिसौदियों को डोली नहीं उठाने देंगे।

बीरमदेव : हाँ, हज़ारों राजपूत एक डोली के लिए कट मरेंगे—डोली लिये बगैर कोई भी वापस नहीं जाएगा !

कुँवरबाई : आखिर होगा क्या ?

बीरमदेव : क्या हो सकता है ? लड़कर मर जाने दो आपस में। अकबर के लिए आसानी हो जाएगी...।

19

(कृष्णा भीतरी कक्ष में दुल्हन के रूप में सजी बैठी थी। आसपास कुछ सखियाँ भी थीं। शादी का वातावरण तो था किन्तु शादी के उत्सव की प्रसन्नता-भरी चहल-पहल नहीं थी। वही, अनिष्ट

की छाया थी सब पर। कोई गा नहीं रहा था कोई नाच नहीं रहा था। बीरमदेव ने कक्ष में प्रवेश किया। उन्हें देखकर कृष्णा की सखियाँ उठकर बाहर चली गईं। बीरमदेव अपनी बेटी कृष्णा के पास आए, फिर बहुत प्यार से उसके सिर पर हाथ रखा जैसे उसे सुखी रहने का आशीर्वाद दे रहे थे। दोनों ने एक दूसरे को देखा। बीरमदेव वहाँ कुछ देर खड़े बेटी को देखते रहे। फिर उसकी ओर पीठ करके कहा।)

बीरमदेव : बेटी ! पता नहीं, मैंने ठीक किया या भूल की ! लेकिन तुम्हारी शादी मैंने भोजराज से तय की थी...एक आदर्श के लिए...।

(बीरमदेव बहुत रुक-रुक के बोल रहे थे। आवाज़ में एक दर्द था)

बीरमदेव : टुकड़ों-टुकड़ों में बटे हुए राजपूतों को बचाने का, बस यही एक रास्ता था। बस, एक ही रास्ता था। पुरखों से चली आई दुश्मनी को खत्म करने के लिए...कि मैं अपनी जान के टुकड़े की कुर्बानी दे दूँ...इसलिए मैंने...तुम्हारी आहुति दे दी बेटी !

(बीरमदेव फिर ख़ामोश हो गए। जैसे हिम्मत जुटा रहे हों बोलने के लिए।)

बीरमदेव : लेकिन सब, सब बेकार हो गया। बेटी इन हज़ारों राजपूतों को आपस में कट-मरने से बचाने का मेरे पास कोई रास्ता नहीं है...कोई रास्ता नहीं है...।

(कुछ धीमे से वो कृष्णा के करीब आए और अपनी उँगली से हीरे की अँगूठी निकाल ली। फिर कृष्णा की तरफ़ बढ़ाते हुए कहा।)

बीरमदेव : इन्हें सिर्फ़ तुम बचा सकती हो, बेटी।

(कृष्णा ने सर उठाकर बाप की तरफ़ देखा। कृष्णा की आँखों में बेहद प्यार और सम्मान था

अपने पिता के लिए, जो राजपूतों को बचाने के लिए अपनी बेटी को स्वयं ज़हर दे रहा था। उसकी आँखों में आँसू आ गए। उसने अँगूठी उठाकर देखा। बीरमदेव वहाँ से चले गए। कृष्णा उन्हें जाते हुए देखती रही। फिर अँगूठी अपने होंठों की तरफ़ ले जाने लगी।)

20

(अपने कक्ष में आकर बीरमदेव तैयार हो रहे थे। सबकुछ करके वह आईने के सामने खड़े होकर पगड़ी सर पर रखने जा रहे थे कि आईने में ही उन्हें कुँवरबाई नज़र आईं, जो दरवाज़े से लगी खड़ी उनकी समस्त गतिविधि को देख रही थीं। पगड़ी सिर पर रखकर वो अपनी तलवार उठाए और कुँवरबाई के पास पहुँचे। दोनों ने एक दूसरे को देखा।)

(कुँवरबाई जानती नहीं कि बीरमदेव क्या करके आए थे और क्या करने जा रहे थे। मगर कोई भी कुछ बोला नहीं, कुछ देर रुककर बीरमदेव बहुत नपे-तुले कदमों से कुँवरबाई के पास से होकर आगे निकल गए।)

(एक बरामदा, दूसरा बरामदा, आँगन, सीढ़ियाँ...उतर रहे थे तभी भीतर कक्ष से किसी की ऊँची चीख सुनाई दी और दास-दासियाँ अन्दर की तरफ़ भागे। बीरमदेव के कदम रुक गए, वह जान गए कि उनका चाहा पूरा हो गया। वह सजल आँखों से अपनी उँगली के खाली स्थान को देखा और उनकी आँखों से

अनायास दो बूँदें टपक पड़ीं। फिर वो अपना सर ऊँचा करके तेज़ी से चल दिए)

21

(अजमेरवालों के खेमे में बीरमदेव अपने घोड़े से पहुँचे। एक ख़ास खेमे में गए। कुछ देर बाद जयमल भी उसी खेमे से निकला और अपना घोड़ा लेकर तेज़ी से अपने महल की तरफ़ गया।)

22

(कृष्णा का शव बीच आँगन में रखा था। धूप-बत्ती सुलग रही थी और उसके सिरहाने एक बड़ा सा दीया जल रहा था मीरा और ललिता अलग-अलग खेमों से लगी बैठी थीं। कुँवरबाई अलग एक तरफ़ बैठी थीं, सबकी आँखें रो-रोकर सूख चुकी थीं।)

(जिस पंडित ने किसी जमाने में मीरा और कृष्णा का भविष्य बताया था, वहीं बैठा हुआ गीता का पाठ कर रहा था तभी वहाँ दरवाज़े पर जयमल आकर खड़ा हुआ। दूर से वह कृष्णा के शव को देख और फिर धीरे-धीरे उसकी ओर आने लगा। पंडित गीता का पाठ पढ़ता रहा। जयमल चलते हुए कृष्णा के शव के पास आकर रुका। उसने उसके शान्त चेहरे को देखा, उसे लगा जैसे कृष्णा कह रही थी...)

कृष्णा का स्वर : भैया...और मेरा हज़ारी हार, वह तो मैं भूल ही गई।

जयमल का स्वर : लेकिन मैं नहीं भूला, कहा था न, तुम्हारे दहेज पर दूँगा...

(जयमल ने झुककर नीचे बैठा और अपनी कमरबन्द से एक छोटी सी पोटली निकालकर शव के गले पर रखा और इसके साथ ही फूट-फूटकर रोने लगा। मीरा भी सुबक-सुबक कर रो पड़ी। ललिता की आँखें फिर भर आईं। कुँवरबाई ने मुँह में पल्लू भर लिया।)

(गीता का पाठ चलता रहा।)

24

(बीरमदेव के राजमहल में मौत का एक सन्नाटा था, कहीं कोई आवाज़ नहीं, गीता का पाठ चल रहा था। विक्रमजित महल के भीतरी कक्ष में पहुँचा। कक्ष के अन्दर पहुँचने से पहले अपनी जूतियाँ निकाल दी। वहाँ खड़ी कुँवरबाई उस समय अरथी की तरफ़ सजल आँखों से देख रही थी। जब अन्दर से विक्रमजित की ऊँची आवाज़ सुनाई दी। उसे आश्चर्य हुआ कि कौन ऐसे स्वर में बात कर रहा था। अन्दर कक्ष में विक्रमजित, बीरमदेव से कह रहा था।)

विक्रमजित : बीरमदेव, छुपाओ मत, कृष्णा बिना कारण ज़हर नहीं खा सकती, मैं समझ सकता हूँ क्या हुआ होगा। हम भी राजपूत हैं हमने भी देश, आदर्श के लिए माँयें, बहनें कुर्बान की हैं।

(विक्रमजित ने दरवाज़े से लगी खड़ी कुँवरबाई को देखा, जिसने पल्लू से आधा चेहरा छुपा रखा

था, उसने उसकी ओर देखकर कहा।)

विक्रमजित : बहनजी, यह अरथी नहीं उठेगी, इस घर से अरथी नहीं, डोली जाएगी, आपकी बेटी नहीं, हमारी बहू मरी है बहनजी, कृष्णा अब राठौड़ों की बेटी नहीं, सिसौदियों की बहू थी बहनजी...वह मरी नहीं बहनजी, कल चित्तौड़ में जाकर उसकी मृत्यु होगी। उसके संस्कार वहीं पूरे होंगे, जिस आदर्श के लिए यह शादी हुई थी, वह आदर्श अवश्य पूरा होगा।

(कुँवरबाई ने घूँघट की ओट से विक्रमजित को देख रही थी और फिर कहा)

कुँवरबाई : भाईजी, राजपूतों के घरों में लाशें नहीं ब्याही जातीं।

(मीरा भी पास में थोड़ी दूर पर खड़ी थी वो भी इनकी बातें सुन रही थी।)

कुँवरबाई : मुझे गर्व है अपने पति पर जो देश की ज़रूरत के लिए अपनी बेटी को खुद ज़हर दे सकता है और उससे भी ज्यादा गर्व है अपनी बेटी पर, जिसने पिता के आदर्शों के लिए एक सवाल नहीं पूछा और जान दे दी।

(फिर कुँवरबाई ने पति की तरफ़ देखकर कहा)

कुँवरबाई : आप ही ने उस दिन कहा था न, राजपूतानी अगर सती होकर मर सकती है, तो सती होके जी भी सकती है। आपके आदर्श को अगर मेरी बेटी की ही ज़रूरत है तो कृष्णा न सही, मीरा तो है, उसे ब्याह कर ले जाइए।

(इतना कहकर कुँवरबाई अधिक देर रुकी नहीं वहाँ से चली गई। जैसे ही वह स्थान छोड़ा। विक्रमजित ने पास खड़ी मीरा को देखा। दोनों ने भी एक-दूसरे को फिर देखा।)

25

(सुबह का समय था। झील में कुछ नावें पार उतरती नज़र आ रही थीं सब जगह शहनाई का स्वर गूँज रहा था, सिसौदिये मीरा की डोली लेकर जा रहे थे।)

26

(चित्तौड़ की गलियाँ, लोगों की भीड़ से उमड़ पड़ी थीं डोली के साथ, एक बहुत बड़ा जुलूस था। विक्रमजित भी जुलूस में थे। वो एक हाथी पर बैठे थे। भोजराज अपने सफ़ेद घोड़े पर था। सभी खुश पर मीरा की आँखों में उदासी थी। मीरा को एक भजन की पंक्तियाँ याद आईं।)

गीत : बाला, मैं बैरागन हूँगी,
जिन भेषा मेरा साहिब रीझे
रंग ही भेष धरूँगी
बाला, मैं बैरागन हूँगी
कहो तो कुसुमल साड़ी रंगावा
कहो तो भगवा भेष
कहो तो मोतियन माँग भरावाँ
कहो छिटकावाँ केश
बाला, मैं बैरागन हूँगी...।

(इसी संगीत पर मीरा को अपना बचपन याद आया जब माँ ने गिरधर को उसका दूल्हा बताया था, कभी कृष्णा का ख़याल आया। डोली के आगे-आगे गतका चल रहा था। लोग नाच रहे थे। मीरा को दूसरी पंक्तियाँ याद आईं।)

गीत : प्राण हमारा वहाँ बसत है
यहाँ तो खाली खोला (खोफ़)
माता-पिता परिवार सूँ
मैं रही तिनका तोड़
बाला, मैं बैरागन हूँगी।
जिन भेषा मेरा साहिब रीझे
सो ही भेष धरूँगी।
बाला, मैं...।

(गीत के अन्तिम चरण तक पहुँचते-पहुँचते डोली चित्तौड़ के राजमहल में प्रवेश कर गई। प्रमुख राजमहल के आँगन में दो वेदी तैयार की गई थी और कुलगुरु की देख-रेख में एक बड़ा सा यज्ञ-कुंड बनाया गया था। कुलगुरु स्वयं पधारे हुए थे—देवी की पूजा कराने के लिए। दूल्हा-दुल्हन को लाकर उनके सामने चौकियों पर बिठाया गया, और महन्त ने पूजा शुरू कराई।)

(ब्याह के समस्त रीति-रिवाज़ में मीरा को तनिक भी रुचि नहीं थी। उधर कुलगुरु श्लोकों का उच्चारण कर रहे थे और इधर मीरा के मन में बस एक पंक्ति गूँज रही थी।)

गीत : जाके सर मोर मुकुट मेरो पति सोई।
जाके सर मोर मुकुट मेरो पति सोई।

(मीरा के मस्तिष्क में मन्त्र और अपने गीत की पंक्ति बार-बार मिलते जा रहे थे। दोनों स्वरों के संघर्ष ने मीरा को बेचैन कर दिया और बेखयाली में यज्ञ-कुंड से उठते-उठते मीरा के आँचल में आग लग गई। मीरा बिना कुछ कहे वहाँ से जाने लगी। उसके आँचल की आग देखकर ऊदा ने आवाज़ लगाई। ऊदा मीरा की ननद थी।)

ऊदा : भाभी !

(भोज भी बुलाता है, आँचल की आग देखकर)

भोज : मीरा !

(ललिता और ऊदा मीरा के पीछे गई हैं। मीरा कुछ दूर जाकर बेहोशी की हालत में गिर पड़ी। बेसुध मीरा को उठाकर अन्दर कक्ष में लाया गया।)

27

(महल के सामान्य कक्ष में ऊदा ने भोजराज से शिकायत की।)

ऊदा : यह क्या तरीका है भैया, न गृह प्रवेश की पूजा हुई, न देवी का प्रसाद हुआ, न कुलगुरु का आशीर्वाद लिया।

भोज : तो क्या करती ? कैसे करती वो सब। हालत नहीं देखी उसकी ?

(किन्तु ऊदा भैया की इस बात से खुश नहीं थी)

ऊदा : तो एक दिन मेहमान-घर में ठहरा दिया होता, लेकिन कुल की रस्म पूरी किए बगैर घर में कैसे प्रवेश होगा बहू का ?

भोज : मैंने तो पूरी कर दी सब रस्में...और क्या चाहिए ?

ऊदा : बहू की रस्म, बहू की होती है, भैया ! कल बहू-भोज होगा तो क्या तुम पकाओगे रसोई में ?

(भोज की वहाँ से जाने की इच्छा थी पर ऊदा बोल पड़ी)

ऊदा : हमने भी हज़ारों लड़कियों की शादी होते देखी है...इस तरह दौरे पड़ते नहीं देखा किसी को...

भोज : ऊदा, ज़रा अक्ल से काम लो। मेरी लाश पड़ी हो घर में और तुम्हारी डोली उठाकर ले जाएँ ब्याहनेवाले, तो क्या हालत होगी तुम्हारी ? दौरे नहीं पड़ेंगे तो क्या होगा ?

(पहली बार ऊदा ने भोज की तरफ़ ध्यान से देखा।)

भोज : कृष्णा के संस्कार अभी पूरे नहीं हुए थे, जब हम डोली उठाकर ले आए।

(भोज यह कहते हुए कक्ष से बाहर निकल गया। ऊदा वहीं परेशान सी खड़ी रही। भोज को ललिता बाहर मिली—उसने ललिता से पूछा ?)

भोजराज : ललिता ?

ललिता : जी हुकुम—

भोज : अब कैसी तबीयत है मीरा की ?

ललिता : पहले से बहुत अच्छी है, हुकुम !

(यह सुनकर भोज अपने कमरे की तरफ़ चला गया।)

29

(मीरा, अपने कमरे में लेटी थी तभी भोजराज आया। मीरा उसे अन्दर आता देखकर बैठ गई।)

भोज : अब कैसी तबीयत है ?

मीरा : अच्छी है...!

भोज : बहुत देर से हम इन्तज़ार कर रहे थे...

(मीरा ने उदासी से कहा।)

मीरा : क्षमा चाहती हूँ...घर में क़दम रखते ही सबको

बेहाल कर दिया।

भोज : चिन्ता की कोई बात नहीं—

मीरा : आपको भी दुख दिया...सुख शायद नहीं दे सकूँगी आपको...लेकिन कोशिश करूँगी, और दुखी न करूँ...

(भोज पलंग के पास खड़ा हुआ। मीरा की तरफ ध्यान से देखा। मीरा जैसे खुद से कहती जा रही थी।)

मीरा : कृष्णा तो मुक्त हो गई, और मैं...

भोज : तुम क्या खुद को बन्दी महसूस करती हो ?

मीरा : एक तरह से...

भोज : तुम जानती हो न, जिस आदर्श के लिए यह सम्बन्ध जोड़ा गया है ?

मीरा : वह आदर्श ही जानती हूँ, और उस आदर्श का सदैव पालन करूँगी...और कोई सम्बन्ध शायद न जोड़ सकूँ।

(भोज को यह सुनकर दुःख हुआ, उसने समझने जैसे अन्दाज़ में सिर हिलाया। फिर खिड़की के पास जाते हुए)

भोज : हूँ...हूँ...राजनीति के विचार से राठौड़ों ने यह समझौता तो कर लिया, लेकिन मन से सिसौदियों के लिए घृणा नहीं निकाल सके।

(मीरा ने बात काटकर तुरन्त ही कहा।)

मीरा : कारण यह नहीं है, सिसौदियों के लिए मेरे मन में कोई बैर नहीं है...

भोज : तो क्या कारण है ?

मीरा : कारण है—मेरा अपना विश्वास, मेरा प्रेम।

(भोज यह सुनकर, मीरा की ओर देखा उसके मन में एक सन्देह उठा।)

भोजराज : तुम किसी और से प्रेम करती हो ?

(मीरा ने स्वीकार किया)

मीरा : हाँ।

(भोज का स्वर बदल गया)

भोज : राठौड़ है वह ?

मीरा : नहीं।

भोज : सिसौदिया है ?

मीरा : नहीं।

(भोज ने एक पल रुककर पूछा)

भोज : तो फिर कौन है ?

मीरा : बचपन से उसी के साथ खेली हूँ, उसी के साथ बड़ी हुई हूँ, उसी से प्यार किया है...उसी से।

(भोज ने बात काटकर फिर से कहा।)

भोज : तो उसी से ब्याह क्यों न कर दिया तुम्हारे माँ-बाप ने ?

मीरा : ब्याह तो मेरा हो चुका है।

भोज : उसी से ?

(मीरा ने हाँ में सर हिलाया। भोज चलकर उसके निकट आया उसके पास बैठकर, उसकी आँखों में देखते हुए कहा)

भोज : उसी से ?

भोज : कौन है वह ?

मीरा : कृष्ण।

भोज : कृष्ण कौन ?

मीरा : वही...जिसकी मूर्ति अपने साथ लाई हूँ...

(अद्भुत ढंग से भोज ज़ोर-ज़ोर से हँसने लगा। मीरा को इस हँसी से दुःख हुआ और भोज की तरफ़ देखती रही भोज ने फिर कहा।)

भोज : हम नहीं जानते थे, तुम मज़ाक भी कर लेती हो !

मीरा : आप मज़ाक समझते हैं ? विश्वास नहीं आता आपको ?

भोज : क्यों नहीं, लेकिन...

(निकट की थाली में रखे हुए मंगलसूत्र को उठा लिया और कहा)

भोज : लेकिन हमने भी तो ब्याह किया है तुमसे, तुम्हें विश्वास नहीं हम पर।

(मीरा ने अचरज से भोज को देखा, भोज ने मंगलसूत्र उसके गले में पहनाते हुए कहा)

भोज : इसे पहनकर विश्वास आ जाएगा।

(मीरा को बहुत आश्चर्य हुआ—और पूछा)

मीरा : यह जानकर भी कि मैं ब्याहता हूँ...?

(भोज का स्वर विश्वास से भरा हुआ)

भोज : हाँ...वह विवाह तुम्हारी आत्मा का है, और यह—वचन दो, जब तक देह है, इसे देह से अलग नहीं करोगी। *(मीरा ने उस मंगलसूत्र को छूकर देखा। भोज मीरा को, गौर से उसके भोलेपन को, देखता रहा।)*

29

(सुबह हुई तो महल के सभी लोग व्यस्त थे। आज बहूभोज का दिन था। देवी के मन्दिर में सुबह से तैयारियाँ शुरू हो गई थीं। जिस पशु की बलि दी जानी थी। उसे मन्दिर के अन्दर लाकर बाँध दिया गया था।)

(कुलगुरु काली के चरणों में बैठे पूजा कर रहे थे—पूजा समाप्त करने के बाद मन्दिर से बाहर आ गए—उन्होंने बलि के पशु को देखा और फिर मन्त्र पढ़ा)

महन्त : हीम् हीम् शिलम् फट्ट

पशु-पाशाय विध महे
महा-पशुवे धीमहि
तन्नो लिन्नो प्रचोदयात्

(श्लोक पढ़कर, महन्तजी ने इधर-उधर नज़र दौड़ाई और पूछा)

महन्त : विक्रमजित नहीं हैं ?

(महन्त के पास खड़ा एक शिष्य आगे आया और कहा। एक बड़ी सी परात में नंगी तलवार रखी थी)

शिष्य : राणा तो युद्ध-स्थल पर गए हैं—लौट नहीं सके उनकी तलवार भिजवाई गई है।

(महन्त के सामने तलवार लाई गई उन्होंने खड्ग-मन्त्र पढ़ा।)

महन्त : हीम महिष-मर्दिनी स्वाहा
हीम् काली काली लौहदण्डाय स्वाहा।

(महन्त ने खड्ग पर तिलक किया। फिर पशु के लिए मन्त्र पढ़ा।)

महन्त : पशुत्रम बलि रूपेण
ब्राह्मणा निर्मित स्वत्
अतस्त्व धाते स्वामि
चस्माद यग्ने वधो वधः

(महन्त ने बलि के पशु को भी तिलक लगा दिया...तिलक होते ही ज़ोर-ज़ोर से ढोल और नगाड़े बजने लगे। एक आदमी तलवार लेकर आगे बढ़ा और एक ही झटके में पशु का सिर काट दिया। खून के छींटे महन्त पर भी पड़े, मगर वह बिना प्रतिक्रिया के खड़े श्लोक पढ़ते रहे।)

महन्त : मन्त्रहीनं क्रिया हीनं
भक्तिहीनं सुरेश्वरी

यत्पूज्यतं सुरेश्वरी
यत्पूज्यतं मया देवी
परिपूर्ण तदस्तुमे

(श्लोक खत्म होते ही फिर गम्भीर आवाज़ में कहा)

महन्त : आज बहू-भोज है। महाप्रसाद देवी के चरणों से छुआके इसे रसोई में भिजवा दिया जाए !

30

(मीरा रसोईघर में भोजन बनवा रही थी तभी दो आदमी मांस को बड़े-बड़े थालों में, अपने सिर पर रखकर लाए। मीरा उन्हें देख, तुरन्त रोक दिया।)

मीरा : महाराज, इसे बाहर ले जाइए रसोई से। बहू-भोज में मांस नहीं पकेगा।

अनुचार : आप क्या कह रही हैं, रानी माँ। यह महाप्रसाद है।

मीरा : होगा। इसे बाहर ले जाइए। मैं मांस नहीं पकाऊँगी।

(तभी रसोईघर में ऊदा आई और मीरा की बात सुनकर उसने कहा)

ऊदा : भाभी, कहा न, यह मांस नहीं महाप्रसाद है। हमारे कुलगुरु ने आज खुद ही बलिपूजा करवाई है, इसका अनादर नहीं किया जा सकता।

(मगर मीरा बहू-भोज वगैर मांस के बनाने को दृढ़ थी।)

मीरा : मैं किसी की पूजा का अनादर नहीं कर रही हूँ। मैं सिर्फ़ इतना कह रही हूँ—बहूभोज में मांस नहीं पकेगा।

(ऊदा निकट आकर)

ऊदा : लेकिन इस घर की यही रीति है, भाभी ! चार खूँट से चारों आचार्यों को बुलाया गया है, उन लोगों को घास-पात खिलाएँगे हम ? ऐसा कभी नहीं हुआ इस घर में। हमारे घर में वही करना होगा, जो हम चाहेंगे।

(मीरा ने कुछ समझकर जवाब दिया।)

मीरा : इस घर की ज़िम्मेदारी मुझे सौंपी गई है, जीजी ! यह बहू-भोज मेरा है, और क्या पकाना है, वह भी मेरी इच्छा के अनुसार होगा।

(ऊदा यह सुनकर चिढ़ गई)

ऊदा : यह घर तुम्हारा है कि हमारा ?

मीरा : मुझे कहा गया है कि यह घर मेरा है। तुम्हारा है कि नहीं, यह जाकर अपने भैया से पूछो।

(ऊदा अपमान बर्दाश्त नहीं कर पाई और वहाँ से चली गई।)

31

(बहुत सारे ब्राह्मण पंक्तिबद्ध बैठे थे और बहूभोज के आरम्भ होने की प्रतीक्षा कर रहे थे। भोजराज भी महन्तजी के पास ही बैठा था।)

(दास-दासियाँ सभी व्यस्त थे। बड़े-बड़े थालों में खाना तथा मिष्टान्न इत्यादि लाया जा रहा था।)

(महन्त बैठे अपने प्रिय शिष्य से पूजा के मन्त्र पढ़वा रहे थे। शिष्य अग्निकुंड में सामग्री तथा घृत इत्यादि की आहुति देते हुए पढ़ रहा था।)

शिष्य : ॐ अन्नप्रतेऽन्नस्य नो देहानमीवस्या शुष्मिणः
प्र प्रदातारं तारिण ऊर्ज नो धेति द्विपदे चतुष्पदे

(तभी मीरा रसोई से निकलकर आई और दूर खड़ी ऊदा की ओर देखे बिना सीधे महन्तजी के पास आकर कहा)

मीरा : महाराज, परोसा लगा दूँ ? अन्न और दूध के ही पकवान हैं, स्वीकार करेंगे न !

महन्त : हाँ, बहूभोज है, बहू जो खिलाएगी खाएँगे !

(ऊदा ने दूर से ही अपनी बात कही)

ऊदा : तो उस महाप्रसाद का क्या होगा जो आपने भिजवाया था ? उसे बाहर फिंकवा दूँ।

महन्त : शान्त, शान्त ऊदा ! हम क्षत्रियों के पुरोहित हैं—देवी के भक्त—मांस तो महाप्रसाद है, बहू पकाएगी हम ग्रहण करेंगे।

मीरा : क्षमा करें, महाराज—जीजी ने कहा था, पर मैंने मना कर दिया। देवी तो जगत जननी है, सबको प्राण देती है, लेती नहीं।

(भोज गुस्से से बोल पड़ा)

भोज : मीरा ! घर की बहू की तरह मर्यादा में रहो। गुरुजी से तर्क नहीं किया जाता...।

महन्त : कहने दो न भोज, बहू से तर्क करना हमें अच्छा लग रहा है...विद्वान लगती है। हाँ बहू, क्या तर्क है तुम्हारा ?

मीरा : तर्क ? तर्क तो पकवान में कंकर की तरह होता है महाराज, मेरे पास तो केवल श्रद्धा है, प्रेम है—वह भी अपने गिरधर के लिए। माखनचोर, महाप्रसाद क्या जाने।

महन्त : ये शूरवीर राजपूतों के महल हैं बहू, आज देश की जो हालत है उसमें उन क्षत्रियों को भक्तिभाव से मँजीरे नहीं बजाने हैं, उन्हें रणक्षेत्र में जाकर तलवार

चलानी है। माखन खाएँगे तो दुर्बल हो जाएँगे।

मीरा : नहीं महाराज, उसी माखनचोर ने दुर्बल पड़ते हुए अर्जुन से कहा था न, शस्त्र उठाओ, कुरुक्षेत्र में कितनी तलवारें चली थीं, वे...

(महन्त, बीच में टोककर)

महन्त : तो फिर उन तलवारों के महाप्रसाद से हिचकतीं क्यों हो ?

मीरा : महाराज, वे तलवारें युद्ध में शत्रुओं पर चलती थीं, गूँगे, बेबस खूँटे से बँधे हुए पशुओं पर नहीं...उन पर तलवार चलाना तो कायरता है।

(यह सुनकर महन्त अत्यन्त क्रोधित हो गए। भोजराज तनावपूर्ण स्थिति को समझ गया और माहौल को सहज करने के लिए कहा)

भोज : मीरा, अब भोजन भी परोसोगी या तर्क ही करती रहोगी ?

मीरा : परोसा लगा दूँ महाराज, सबको भूख लगी होगी।

महन्त : भूख का अभ्यास कर चुके हैं हम। तुम्हारे मायके में, हाथ-पैर बँधवाकर वापस भेजने से पहले, भूखा-प्यासा ही रखा था तुम्हारे भाई ने।

मीरा : आप उसका दंड मुझे देंगे ?

महन्त : बस करो बहू, नारी केवल उतना ही सत्य समझ सकती है, जितना उसके दायरे में आता है। हमने नारी से तर्क किया, यह हमारी भूल थी...अब इसके पश्चात्ताप में इसी क्षण से हम पाँच दिन का मौन धारण करेंगे, तभी यह विष उतरेगा।

(महन्त उठकर चले गए।)

32

(रात हो गई, किसी ने खाना नहीं खाया। ऊदा अपने कमरे में बैठी, मीरा दो दासियों के साथ भोजन लेकर इसके पास आ रही थी। मीरा जैसे ऊदा के द्वार पर पहुँची, ऊदा तुरन्त ही दरवाजा बन्द कर दिया। मीरा निराश होकर वहाँ से चली गई।)

33

(मीरा जब भोजन लेकर भोजराज के पास गई, वैसे ही भोजराज वहाँ से उठकर बाहर चला गया। उससे सभी नाराज़ थे।

34

(मीरा अपने कक्ष में आई और श्रीकृष्ण की मूर्ति के सामने बैठकर अपने मन की बात कहने लगी।)

मीरा : करुणा सुनो श्याम मेरी
मैं तो होय रही चेरी तेरी
तुमरे कारण सब सुख छोड्या
अब मोहे क्यों तरसाओ हो
बिरह व्यथा लागी डर अन्तर
सो तुम आये बुझाओ हो
करुणा सुनो श्याम मेरी...

(सामने की दालान में भोजराज, मीरा की

आवाज़ सुनकर आया, उधर से गुज़रती हुई ऊदा ने भैया को कहा।)

ऊदा : सुन रहे न, भैया ! कल शादी हुई है और आज विरह-विलाप हो रहा है घर में।

(भोज ने उसकी बात पर ध्यान नहीं दिया और अपने कमरे में चला गया।)

35

(विक्रमजित युद्धभूमि से लौट आए थे। महल में प्रवेश किया। भोजराज विक्रमजित से मिलने गया। उनके पैर छुए।)

विक्रमजित : जीते रहो ! बहू कैसी है ?

भोज : अच्छी है, भाईजी !

(तभी सामने के दरवाज़े से मीरा घूँघट किए हुए आई और जेठजी को प्रणाम किया।

विक्रमजित : जीती रहो, बेटी ! क्षमा चाहते हैं, हम बहूभोज पर नहीं पहुँच सके, लेकिन भोजन हम इस वक़्त भी वही खाएँगे, जो तुमने बनाया है...हमारा हिस्सा रखा तो होगा ? या ब्राह्मण सब खा गए ?

(भोज बोल पड़ा)

भोज : सन्ध्या का भोजन तैयार हो रहा है, भाईजी ! बासी क्यों खाएँगे आप ?

विक्रमजित : प्रसाद बासी नहीं होता, भोजराज। हाँ, ठंडा हो जाता है। गर्म कर देना, बहू !

(भोज सुबह की तर्कवाली घटना की बात बताना नहीं चाहता था)

भोज : लेकिन आप कहें तो...

(किन्तु मीरा ने स्पष्ट कह दिया।)

मीरा : बहूभोज में मांस नहीं पका था, जेठजी, इसलिए इन्होंने भी नहीं खाया। सिर्फ़ अन्न, पत्र-पुष्प ही बनाए थे...

विक्रमजित : क्यों ? क्या बलि नहीं दी गई मन्दिर में ?

भोज : बलि दी गई थी, भाईजी, लेकिन मीरा...मीरा का व्रत था इसलिए...

(मीरा ने घूमकर भोज की ओर देखा, क्योंकि उसने झूठ बोला।)

विक्रमजित : ओह, मंगल का व्रत रखती हो तुम भी ? हमारी माँ भी यह व्रत रखती थी और उस दिन महाप्रसाद नहीं बनता था, घर में। हमें याद है। भोजराज तब भी चाची के यहाँ जाकर खा लिया करता था। मांस-खोर। खैर, हम तो जो बनाया है तुमने, वही खाएँगे, बहू !

(मीरा का चेहरा खुशी से खिल उठा और रसोई की तरफ जाने लगी तभी भोज भी कह पड़ा...)

भोज : मीरा, हम भी खाएँगे भाईजी के साथ।

(मीरा रसोई में जाकर खाना परसने लगी।)

36

(रात का वक़्त था। मीरा अपने कक्ष में बैठी एक छोटी सी पगड़ी पर सलमे-सितारे टाँक रही थी। भोजराज किवाड़ पर आकर रुक गया और दस्तक देकर पूछा।)

भोज : अन्दर आ सकता हूँ ?

(मीरा ने मुस्कुराके कहा)

मीरा : आइए...पधारिए !

(भोजराज अन्दर आकर एक पीठिका पर बैठा

और कहा।)

भोज : बड़ी गृहस्थिन लग रही हो आज तो ?

मीरा : क्यों ? गृहस्थिन हूँ नहीं क्या ?

भोज : क्या बना रही हो यह ?

मीरा : पगड़ी।

भोज : किसके लिए ?

(मीरा ने हँसकर जवाब दिया।)

मीरा : कृष्ण को राजपूत बनाऊँगी। जिस देश रहना, वही भेष पहना !

(भोजराज ने उत्सुकता से फिर पूछा।)

भोज : अच्छा, एक बात बताओ...कृष्ण के साथ क्या रिश्ता है तुम्हारा ?

(मीरा का उत्तर बहुत सहज था)

मीरा : जो स्वामी के साथ होना चाहिए !

भोज : और हमारे साथ ?

मीरा : आप तो...मेरे राणा हैं।

भोज : हूँ...

(मीरा ने सोचकर पूछा)

मीरा : आपको बुरा लगता है जब मैं...?

(उसका वाक्य अधूरा रह गया और भोज बोल पड़ा।)

भोज : सुना है, तुम राधा से बहुत जलती हो ?

मीरा : किसने कहा आपसे ?

भोज : ललिता कह रही थी।

(मीरा ने हँसकर कहा)

मीरा : मुई मेरी चुग़लियाँ किया करती है राजा से !

भोज : नहीं, वह तो हर तरह तुम्हारी प्रशंसा ही करती है, लेकिन यह सुनकर बहुत अजीब लगता था कि तुम राधा से जलती हो !

(मीरा ने भोज की तरफ देखा)

भोज : लेकिन अब ऐसा नहीं लगता। उस जलन का अनुभव हमें भी होने लगा है। तुम्हारे कृष्ण से।

(मीरा यह सुनकर हँस पड़ी। भोज ने भी उसका साथ दिया)

मीरा : जेठजी चले गए ?

भोज : हाँ, भाईजी तुम्हारी बहुत तारीफ़ कर रहे थे। कहते थे, बहू बहुत सुघड़ है।

(कुछ याद आने पर मीरा ने पास पड़ी चाबियों का गुच्छा उठाकर भोज को देते हुए कहा।)

मीरा : अरे हाँ, जेठजी इतनी सारी ज़िम्मेदारी मुझे दे गए हैं। कहते थे, खज़ाने की चाबियाँ हैं। मैं कहाँ सँभाल सकूँगी यह सब ?

(भोज ने चाबियाँ नहीं ली।)

भोज : भाईजी ने तुम्हें दी हैं, तुम ही रखो।

मीरा : आप यह चाबियाँ ऊदा जीजी को दे दीजिए। बल्कि मैं तो यह गहने भी उन्हीं को दे देना चाहती हूँ।

(भोज खड़े हुए और कहा)

भोज : हमारी सास ने ठीक ही कहा था।

मीरा : क्या ?

भोज : कहा था...बेटा, जोगन ब्याह के ले जा रहे हो। हीरे-पन्नों से उसका मन नहीं भरेगा...प्रेम ही प्रेम का धन है उसके पास।

(भोज कहते हुए खिड़की के पास गया और अपने आप से कहा।)

भोज : लेकिन हमें क्या मालूम था, वह भी हमारे लिए नहीं है।

(मीरा चुप रही। भोज फिर अकस्मात् उसकी ओर मुड़कर कहा)

भोज : सुना है, तुम बहुत अच्छा गाती हो ? लिखती भी हो ? उस बही जैसे पुस्तक में तुम्हें कई बार लिखते

देखा है।

मीरा : पढ़ा भी होगा ?

भोज : नहीं, ऐसी कोई चोरी हमने नहीं की। सुनाओ न सुनाओ।

(मीरा ने पगड़ी उठाकर कृष्ण भगवान को पहनाई और सहज भाव से गा उठी।)

मीरा : राणाजी मैं तो गोविन्द के गुण गासूँ
राजा रूठे नगरी राखे,
हरि रुठ्याँ कहाँ जासूँ ?
राणाजी मैं तो गोविन्द के गुण गासूँ
हरि मन्दिर में निरत करासूँ
घूँघरिया घमकासूँ
यह संसार बाड़ का काँटा
जिया सगत नहीं जासूँ
मीरा के प्रभु गिरधर नागर
नित उठ दरसण पासूँ
राणाजी, मैं तो गोविन्द के गुण गासूँ

(कब भोजराज यहाँ से चला गया गीत को अधूरा छोड़कर मीरा ने जब पीछे देखा तो पाया भोज अपने कक्ष में जा रहा था।)

37

(दूसरे दिन सुबह-सवेरे झीलवाले कृष्ण मन्दिर में भाव-विभोर होकर गा रही थी।)

मीरा : श्याम मने चाकर राखो जी
चाकर रहसूँ, बाग लगासूँ
नित उठ दरसन पासूँ
वृन्दाबन की कुंज गलिन में

तेरी लीला गासूँ
श्याम मने चाकर राखो जी...!

(मीरा के साथ ललिता भी आई थी और वो साधुओं को दान देने में व्यस्त थी। मीरा घर से निकली तो ऊदा भी रथ में बैठकर उसके पीछे-पीछे आई थी और ऊदा ने मीरा को साधुओं के बीच गाते-नाचते देखा।)

मीरा : चाकरी में दरसन पाऊँ
सुमिरन पाऊँ खरचा
भाव-भक्ति जागीरी पाऊँ
तीनों बातों सरसी
श्याम मने चाकर राखो जी...

(सन्त रैदास निकलकर आए और मीरा को भाव-विभोर होकर नृत्य करते देखकर वहीं रुक गए।)

मीरा : मोर मुकुट पीताम्बर सोहे
गल बैजयन्ती माला
वृन्दाबन में धेनु चरावे
मोहन मुरलीवाला।
मीरा के प्रभु गहन गम्भीरा
सदा रहो जी धीरा
आधी रात प्रभु दरसन दीन्हैं
प्रेम नदी के तीरा
श्याम मने चाकर राखो जी
श्याम मने चाकर राखो जी

(मीरा का भजन समाप्त हुआ, कृष्ण को झुककर प्रणाम किया। मन्दिर से जैसे बाहर निकलकर उसकी सीढ़ियों से उतरने लगी, तभी सन्त रैदास ने आगे बढ़कर कहा)

रैदास : बेटी, बड़ा प्रेम है, बड़ी श्रद्धा है तुम्हारी आवाज़

में...वाह, वाह, वाह। जिसके घर गई हो, बड़ा भाग्यवान है कोई।

(मीरा ध्यान से सुनती रही, दूर रथ में बैठी ऊदा को न देख सकी। उनके राजघराने की बहू इस तरह खुलेआम किसी चमार से, चाहे फिर वह प्रसिद्ध सन्त ही क्यों न हो, बातचीत करे। यह उसे सहन नहीं हुआ। रथ लौटाकर वहीं से वह राजमहल की ओर चली गई। इधर सन्त रैदास, मीरा से कह रहे थे–)

रैदास : इकतारे पर गाया करो, बेटी !

(कहते हुए सन्त रैदास ने अपने हाथ का इकतारा मीरा के हाथों में सौंप दिया, फिर जैसे आनन्द सागर में डूबते-उतराते हुए बोले–)

रैदास : बैरागिनों का दर्द है तुममें, सुहागिनों का रस है ! हर पल मिलती हो उससे, हर पल बिछुड़ती हो। जैसा मेल है, वैसा विरह...वाह, वाह !

(मीरा ने इकतारा माथे से लगाकर स्वीकार कर लिया और फिर उसे बजाते हुए वहाँ से चली गई)

38

(मीरा ने इकतारा लिये हुए महल में प्रवेश किया, अचानक भोजराज उसके सामने आकर खड़ा हो गया। पास में ऊदा भी खड़ी थी और कहा ताना देते हुए–)

ऊदा : यह पूछो इससे...यह क्या कर रही थी उस मन्दिर में ? और यह इकतारा किसने दिया है इसे ?

(मीरा ने इकतारे की तरफ देखते हुए कहा–)

मीरा : एक बाबा थे वहाँ, वह दे गए।

ऊदा : बाबा नहीं, भैया...वही चमार, रैदास। चमारों, औघड़ों में बड़ा सन्त कहलाने लगा है।

(मीरा ने रैदास का नाम सुनकर ऊदा की तरफ देखा और पूछा—)

मीरा : क्या वह सन्त रैदास थे ?

(ऊदा तीखे स्वर में जवाब दिया—)

ऊदा : हाँ...हाँ ! जो मीरासी दो बोल गा ले वही सन्त हो जाता है आजकल, तुम भी दो दिन नाचोगी वहाँ तो, सन्त कहलाने लगोगी, ज़रा पूछो भैया, किस तरह हाथ-पाँव मार-मार के नाच रही थी वहाँ ?

(मीरा वहाँ से जाना चाहती थी। भोज ने रोकते हुए मीरा से कहा—)

भोज : मीरा ! सुबह-शाम की उलझन मत बनो मेरे लिए। तुम्हारे रहन-सहन के सारे दस्तूर अनोखे नज़र आते हैं।

(मीरा ने रुककर पूछा—)

मीरा : ऐसी कौन सी अनोखी बात की है मैंने ? इस घर में भजन-कीर्तन की रस्म नहीं है क्या ?

भोज : इस घर की रस्म यही है कि यहाँ की बहू-बेटियाँ बग़ैर आज्ञा के घर से बाहर नहीं जातीं।

(यह सुनकर मीरा की आँखें सजल हो गईं।)

मीरा : आपने कहा था, मैं इस घर में बन्दी नहीं हूँ।

भोज : तुम आज़ाद हो, मैंने यह भी नहीं कहा था।

(इतना कहकर भोजराज वहाँ से चला गया। ऊदा, मीरा के हाथ से इकतारा लेने लगी।)

ऊदा : लाओ, मुझे दो यह तम्बूरा !

(मगर मीरा ने हाथ खींच लिया और कहा—)

मीरा : जीजी ! मेरे साथ हाथ चलाने की कोशिश मत करना...जो कहना हो जाकर अपने भाई से कहिए।

(इतना कहकर मीरा इकतारा लेकर अन्दर चली गई)

39

(उस रात मीरा ने अपने कमरे में, अपने शरीर के सारे गहने उतारकर फेंक दिए और ललिता से कहा—)

मीरा : यह गहने, यह ज़ेवर-ज़री, कुछ अच्छा नहीं लगता, ललिता यह घर-गृहस्थ छोड़कर उड़ जाने को जी चाहता है।

(ललिता ने समझाने की कोशिश की)

ललिता : नहीं मीरा, अब दूसरा कोई स्थान नहीं है तुम्हारे लिए...!

(बात काटकर मीरा ने कहा)

मीरा : काशी चली जाऊँगी, तुलसीदास की शरण में या रैदास के चरण पकड़ लूँगी। मुझे ज्ञान दें, बताएँ मुझे, मैं क्या करूँ ?

ललिता : मीरा ! तुम्हारा मन भटक रहा है, मन को स्थिर करो। अपने स्वामी के प्रति जो कर्तव्य हैं तुम्हारे, उनकी ओर ध्यान दो।

(मीरा खड़ी हो गई और कहा—)

मीरा : जिसे स्वामी माना है, वही आकर क्यों नहीं हाथ पकड़ लेता ? क्यों छल करता है, कपट करता है मुझसे ?

ललिता : मीरा !

मीरा : मैं राधा नहीं जो वृन्दावन में बैठी राह देखूँगी... निकल जाऊँगी जिस तरफ़ भी बाँसुरी की धुन सुनाई देगी।

(कहते-कहते मीरा की आँखें भर आईं। ललिता

यह देखकर समझाने की कोशिश करने लगी।)

ललिता : मीरा...

(मीरा ने आँसू छिपाने की कोशिश की)

40

(अगले दिन ऊदा राजपुरोहित महन्तजी के पास आई और शिकायत की उनसे)

ऊदा : भैया सुबह से जो घोड़ा लेकर निकले हैं, अभी तक नहीं लौटे।

महन्त : शायद उदयपुर गया होगा, विक्रमजित के पास।

ऊदा : भाईजी के हुक्म के बग़ैर वह चित्तौड़ नहीं छोड़ सकते—आप जानते हैं। उस रोज़ भी यही हुआ था, बहू-भोज के दिन।

(महन्तजी सोच में पड़ गए)

ऊदा : साईस कह रहा था, जंगल में घोड़ा दौड़ा-दौड़ाकर पागल कर दिया उसे।

महन्त : उसका मन शान्त नहीं है ऊदा !

ऊदा : वही तो देख रही हूँ।

महन्त : महायुद्ध के दिन हैं, और ऐसी कोई परछाईं उसके मन पर नहीं पड़नी चाहिए, जो उसकी बुद्धि को बेबस कर दे।

ऊदा : तो क्या करूँ ? मीरा को कुछ दिनों के लिए मायके भेज दूँ ?

महन्त : हूँ...अगर भोज आज्ञा दे तो !

ऊदा : आपकी क्या राय है ?

(महन्त ने कुछ देर सोचा फिर सहमति देते हुए कहा)

महन्त : मीरा के लिए भी यही अच्छा होगा।

41

(रात का समय था और भोजराज अपने कक्ष में लेटा हुआ था। उसकी आँखों में नींद नहीं और मन में चैन नहीं। तभी ऊदा आई)

ऊदा : मीरा को मायके भेज दूँ, कुछ दिनों के लिए ?

(भोज कुछ पल चुप रहा फिर पूछा)

भोज : मीरा ने कहा है ?

ऊदा : नहीं, महन्तजी कह रहे थे, मीरा के लिए भी यही अच्छा होगा !

(भोज ने अभी भी ऊदा की तरफ नहीं देखा और कहा)

भोज : महन्तजी से पूछने कौन गया था ?

(ऊदा एक पल ख़ामोश रही फिर कहा—)

ऊदा : मैं गई थी !

(भोज खड़ा हुआ और ऊदा के पास गया)

भोज : नहीं, मीरा मायके नहीं जाएगी, जब तक उसके घर से कोई बुलाने नहीं आएगा !

(इतना कहकर भोज वहाँ से चला गया ऊदा विमूढ़ सी खड़ी रह गई।)

42

(श्रीकृष्ण की मूर्ति के निकट शायद रात को मीरा बैठकर अपनी पुस्तिका में भजन लिखती रही थी। सुबह एकदम सुबह का वक़्त हल्की-हल्की लालिमा आसमान में नज़र आ रही थी। अकस्मात् दूर कहीं से वंशी का स्वर उभरा। मीरा आवाज़ की तरफ गई, जैसे कृष्ण आ गए हों।

वंशी का स्वर वातावरण में जैसे ज्योति की तरह फैल गया।

भोजराज अपने कक्ष से निकला उसने भी वंशी को सुना और मीरा को बेचैन भी देखा। भोजराज ने बुलाया और उससे पूछा)

भोज : यह बाँसुरी बजाता कौन जा रहा है इधर से ?

नौकर : गिरधर है हुकुम...! ग्वाला है, गइयाँ ले जाने का समय है न !

(वंशी का स्वर अब भी गूँज रहा था। दास ने फिर कहा–)

नौकर : रोज़ इसी समय जाता है हुकुम ! फिर शाम को लौटता है।

(भोज ने आदेश दिया)

भोज : उसे कह दो, कल से अपना रास्ता बदल ले ! महल के पास से होकर न जाया करे !

नौकर : जो हुकुम।

(दास वहाँ से चला गया और भोज भी अपने कक्ष में गया।)

43

(मीरा नहा-धोकर ललिता के साथ महल से बाहर गई। उसको जाते हुए भोजराज ने देखा। उसको मालूम था मीरा, ललिता के साथ झील-पारवाले कृष्ण मन्दिर में जा रही थी। गुस्से में भोजराज ने ऊदा को बुलाया–)

भोज : ऊदा...ऊदा...

(चारों ओर भोजराज की आवाज़ महल में गूँज गई)

44

(मीरा श्रीकृष्ण के मन्दिर में पहुँची। कुबड़े पुजारी ने दोनों का स्वागत किया। मीरा ने उसे एक रामनामी चादर दिया और ललिता से कहा)

मीरा : यह बाकी बाहर बाँट दो।

(पुजारी बहुत खुश हुआ और कहा)

पुजारी : यह उजड़ा मन्दिर तो फिर बस गया बेटी। तुम्हारे आने से भक्त भी आने लगे हैं।

मीरा : भगवान भी आते हैं कभी ? मैं तो उन्हीं की खोज में आती हूँ।

पुजारी : भक्त भगवान का स्वरूप ही होते हैं, बेटी ! तुम भी तो भगवान ही का रूप हो ! भगवान जब वृन्दावन से जा रहे थे तो राधे आईं उनके पास...

(अचानक मीरा ने उनकी बात काटकर बोली)

मीरा : राधा का नाम न लो, पंडितजी !

पुजारी : क्यों बेटी ?

मीरा : मैं उसे...देवा कहता था, वह मेरी सौत है।

(पुजारी यह सुनकर खिलखिलाकर हँस पड़ा।)

पुजारी : भगवान के भक्त सब एक समान ही होते हैं बेटी।

मीरा : तो फिर उसे भी मीरा कहो या मुझे राधा।

(पुजारी यह सुनकर और भी ज़ोरों से हँसने लगा। तभी ललिता ने आकर कहा।)

ललिता : चल मीरा ! राजा जाग गए होंगे।

(मीरा ने मन्दिर से बाहर आते-आते कहा)

मीरा : वह सोए ही कब थे ?...मैं बड़ी दोषी हूँ, ललिता। राजा के प्रति बड़ी दोषी हूँ मैं।

(दोनों जैसे मन्दिर से बाहर निकले, तो देखा कि दस-बारह कहार एक पालकी लिये आए मीरा के पास। एक दासी एकतारा लिये हुए, मीरा ने

पूछा।)

मीरा : यह क्या है ?

(कला ने कहा)

कला : राजा ने आपको मायके तक पहुँचाने की आज्ञा दी है, हुकुम...और कहा है...

(मीरा ने आगे बढ़कर इकतारा उसके हाथों से ले लिया और पूछा)

मीरा : और क्या कहा है राणाजी ने ?

कला : कहा है, जब आवश्यकता होगी, हम ख़ुद बुला लेंगे आपको।

(मीरा ने एक पल के लिए आँखें मूँद लीं और उसके होंठों पर दो पंक्तियाँ उभरीं।)

मीरा : करे करावे आप ही, नाम न अपना लेय
आप ही हाथ बढ़ाय के, जिहि भावै तिहि देय

(मीरा के चेहरे पर हल्की सी मुस्कुराहट और ललिता के साथ जाकर पालकी में बैठ गई। पालकीवाले हैया हो करते हुए चल पड़े।)

45

(मीरा का स्वागत महल के बाहर ही किया गया। स्वयं जयमल सामने आकर खड़ा हुआ। उसने मीरा की सादी वेश-भूषा और हाथों में एकतारा देखकर कहा)

जयमल : हमने तो सुहागिन बनाकर भेजा था बहन को, सिसौदियों ने बैरागिन बना दिया ?

मीरा : दोष मेरा है भैया...राणाजी का नहीं।

जयमल : तो प्रायश्चित करने पिता के घर क्यों आई हो। तुम्हारे पाप-पुण्य सब पति के घर हैं, पिता के घर

नहीं। क्या जाने से पहले माँ ने यह शिक्षा नहीं दी थी तुम्हें ?

(मीरा अत्यन्त शान्त भाव से जयमल की कही बातें स्वीकार करती है और कहती है–)

मीरा : क्षमा करना, भैया। राणाजी ने अमानत लौटाई थी, तुम्हारी चौखट से छूकर ले जा रही हूँ...बाबा-सा पता नहीं कब लौटेंगे युद्ध से। माँ-सा लौटें तीर्थयात्रा से तो कहना आशीर्वाद दें, जो शिक्षा अधूरी रह गई थी, उसे पूरा कर सकूँ।

(इतना कहकर मीरा धीरे-धीरे घूमी और फिर महल से बाहर की ओर चल पड़ी। जयमल ने एक बार पग उठाया भी उसे रोकने के लिए, पर रुक गया। शायद भलाई इसी में थी।)

46

(मीरा अब लगभग सिंह द्वार के निकट पहुँच चुकी थी। ललिता ने उसके पीछे-पीछे चलने के लिए कदम उठाया। मीरा रुकी और बिना पीछे देखे ललिता से बोली।)

मीरा : ललिता, इस बार तुम मेरे साथ नहीं आओगी। अपनी शिक्षा, अपना ज्ञान मुझे अकेले ही प्राप्त करना होगा।

(ललिता वहीं खड़ी रह गई। मीरा महल के सिंहद्वार से बाहर निकल गई।)

47

(सन्त रैदास अपनी कुटिया में बैठे चमड़ा रँग रहे थे और भजन गा रहे थे।)

रैदास : त्यों-त्यों सैर करी, ज्यों भावै
महरम-महल न कोई अटकावै
कहे रैदास ख़लास चमारा
जो हम सहरी से मीत हमारा

(तभी दो पाँव आकर उनके सामने रुके और उन्होंने नज़र उठाकर देखे बिना पूछा।)

रैदास : कौन ?

मीरा की आवाज़ : मैं...मीरा।

(रैदास चमड़ा रगड़ते हुए बोले।)

रैदास : 'मैं' है तो 'मीरा' क्यों ? और मीरा हो तो 'मैं' कौन ? बैठ जाओ, चौकी खींच लो।

(मीरा वहीं चौकी खींचकर सामने बैठ गई है।)

रैदास : क्या चाहिए ?

(मीरा का चेहरा अभी भी नज़र नहीं आ रहा था उसने कहा)

मीरा : दान मिला था...भिक्षा चाहिए !

(रैदास परम-सिद्ध पुरुष की तरह हँसे और कहा)

रैदास : खाली था जब पूरा लाग्यो
कम लाग्यो जब पायो थोड़ो।

मीरा : ज्ञान चाहिए, महाराज !

रैदास : ढाई आखर प्रेम के, जाने सो ज्ञानी होय !

(इसके बाद रैदास अपना रंग का तसला उठाकर अन्दर गए।)

रैदास : भक्ति काफ़ी नहीं थी जो ज्ञान चाहिए? वह भी शूद्र से, गँवार से। राजपूताना से यहाँ तक आई हो,

पूरब को चल देती तो काशी पहुँच जाती, तुलसीदास से भेंट हो जाती। ए, तुलसी के पास जाओ, परमज्ञानी है, ज्ञान देगा।

(रैदास ठंडे रंग का तसला वहाँ रखकर गर्म रंग का तसला लेकर जब लौटे तो मीरा को देखकर चकित रह गए।)

रैदास : अरे, तुम तो रंग गईं ?

मीरा ने अपनी ओर देखा। वह जितनी देर वहाँ बैठी रही चमड़ा रँगते वक़्त बहुत सा रंग उड़-उड़कर उसकी साड़ी पर पड़ता रहा, उसे पता भी नहीं चला। हाँ, यही तो ज्ञान है, भक्ति-भाव में इस हद तक लीन हो जाना ताकि स्वयं को भुला देना। मीरा विभोर होकर खड़ी हो गई और कहा।

मीरा : मैं साँवरे के रंग राची, मन में शंका थी, आपने दूर कर दी।

(रैदास ने हँसकर फिर बैठते हुए कहा)

रैदास : गई कुमति लई साध की संगत
भगत रूप भई साँची।
मीरा साँवरे के रंग राची।

48

(मीरा दूर-दूर तक फैले रेगिस्तान में किसी उन्मत्त आत्मा की तरह परम आनन्द में लीन होकर नाच रही थी और अत्यन्त मीठे स्वर में गा रही थी।)

मीरा : मैं साँवरे के रंग राची
साज सिंगारि बाँधि पग घुंघरू
लोक लाज तज नाची

मैं साँवरे के संग राची

लाज शरम कुल की मर्यादा
सर से दूर करी
बाजूबंद करोड़ो सोहे
सेन्दुर माँग भरी
मीरा भगत रूप भई साँची
मैं साँवरे के रंग राची
मैं साँवरे के रंग राची

(ऐसे ही गाते-नाचते मीरा रेगिस्तान में दूर और दूर, जैसे गुम हो गई)

मध्यान्तर

49

(झीलवाले मन्दिर को ताला लगाया जा रहा था। महन्त स्वयं पधारे हुए थे और अपने निजी अनुचरों से, अपनी देख-रेख में यह कार्य सम्पन्न करवा रहे थे। मन्दिर का पुजारी भाग चुका था। महन्तजी का रथ दूर खड़ा हुआ था और चारों तरफ उनके सेवकों ने अपना जाल फैला रखा था। तभी पश्चिमी पथ से मीरा आती हुई नज़र आई, जिसके कन्धे से लटकी हुई गठरी इस बात का प्रमाण थी कि वह कोई लम्बा सफ़र करके यहाँ लौटी थी। इकतारा अभी भी उसके हाथों में था और वह उसके तार कसती चली आ रही थी। उसने महन्त को मन्दिर में देखा तो ठिठककर खड़ी हो गई। महन्त अपना

धर्म-दंड उठाए ठीक मीरा के सामने आकर खड़े हो गए।

मीरा ने मन्दिर के किवाड़ों पर लगे ताले को देखा और फिर महन्त की ओर। महन्त ने मीरा से कहा)

महन्त : यह मन्दिर अब कभी नहीं खुलेगा, बहू।

मीरा : यह राणाजी का हुक्म है ?

महन्त : धर्म-अनुशासन राजाओं का काम नहीं। राजपाट में धर्म की रक्षा के लिए हम तुम्हारे राणा को भी हुक्म दे सकते हैं।

मीरा : तो यह मन्दिर आपके हुक्म से बन्द हुआ है ?

महन्त : हमारे हुक्म से यह तुड़वाया भी जा सकता था।

मीरा : तो क्या आपके हुक्म से पुजारियों को अपने भगवान भी बदलने पड़ेंगे ?

(यह सुनकर महन्त आवेश में आ गए)

महन्त : हमसे तर्क मत करो, बहू ! हम चाहते तो पुजारी को मृत्यु-दंड भी दे सकते थे। उसने राज्य के धर्म में बाधा डाली है।

मीरा : वह दंड पाने का अधिकार तो मेरा है। बाधा मैंने डाली है !

महन्त : हम तुम्हें पश्चात्ताप का अवसर देते हैं। कल करवा-चौथ का दिन है, पति के लिए व्रत रखकर प्रायश्चित करो। पति ही तुम्हारा परमेश्वर है।

(मीरा महन्त के करीब आई)

मीरा : हाँ, परमेश्वर ही मेरा पति है। मेरे परमेश्वर को तो आपने ताले में बन्द कर दिया है, महाराज ! मैं तो उसी के लिए व्रत रखूँगी और तभी खोलूँगी, जब वह दर्शन देगा।

(महन्त ने उसकी हठ पर हँसकर कहा)

महन्त : तुम समझती हो, यह मन्दिर फिर खुलेगा ?

(मन्दिर की सीढ़ियाँ चढ़ती हुई मीरा ने कहा।)

मीरा : पता नहीं, महाराज ! आपका अधिकार सिर्फ़ ताले-चौखट तक है, परमेश्वर तक नहीं। पता नहीं, आप खोलेंगे यह। या वह खुद खोलेगा।

(यह सुनकर महन्त अपने रथ में बैठे और कहा)

महन्त : तुम्हारे आने की सूचना हम भोज तक पहुँचा देंगे और कह देंगे, वह अपने विश्वास की परीक्षा ले रही है। आज्ञा दी जाए...निराश होकर अगर वह घर लौटना चाहे तो हमें कोई आपत्ति नहीं।

(इसके साथ महन्त का रथ चल दिया। मीरा उन्हें जाते देखती रही फिर आँखें बन्द कर ली।)

50

(सन्ध्या का समय था। मीरा ने मन्दिर से बाहर बनी पुजारी की कुटिया को अपना निवास-स्थान बना लिया था। एक दीया कुटिया के बाहर जलाया और दूसरा दीया ले जाकर बन्द मन्दिर के द्वार के पास रख दिया।)

(फिर वह वहीं द्वार से टिककर बैठ गई और बहुत धीमे स्वर में गाना शुरू किया।)

मीरा : राणाजी रूठ्या बारहो देस रखासी
हरि रूठ्या, कुम्हलास्याँ हो माय

51

(रात का समय था। मीरा मन्दिर की सीढ़ियों पे बैठी थी। उसके हाथ में वही पुस्तिका थी

जिसमें वो अपने गीतों को लिखा करती थी। झील के किनारे एक राजसी गाड़ी आई और मन्दिर के पास रुकी। एक नौकर और एक नौकरानी उतरे। नौकर एक बड़ा सा दीया मन्दिर में टाँग दिया। नौकरानियाँ भोजन और पानी लाई थीं। मीरा ने कला नौकरानी को पहचान कर पूछा।)

मीरा : क्या लाई हो कला ?

कला : भोजन।

मीरा : किसके लिए ?

कला : आपके लिए। ऊदा माँ ने भेजा है।

मीरा : उन्हें मालूम नहीं, मेरा व्रत है।

कला : करवा-चौथ का व्रत तो खत्म हो गया, रानी माँ। चाँद को देखकर व्रत खोल लीजिए न !

(मीरा हल्की मुस्कान मुस्काती हुई)

मीरा : वह जानती है, मेरा व्रत कब खुलेगा।

52

(भोजराज अपने महल में खड़ा, ऊदा से कहा)

भोज : तुम नहीं जानती ऊदा, वह इस तरह व्रत नहीं खोलेगी। तुम उसकी ज़िद को नहीं पहचानतीं।

(ऊदा ने दूसरी तरफ जाते हुए कहा)

ऊदा : जानती नहीं थी, अब जान जाऊँगी, जब व्रत खुलेगा।

53

(सुबह का समय था। मन्दिर के चारों तरफ हल्का-हल्का धुँधलका फैला था। पक्षी चहचहा रहे थे। मीरा मन्दिर के आँगन को बुहार रही थी और गा रही थी।)

मीरा : जागो बंसी वारे...मेरे प्यारे...
जागो।
रजनी बीती भोर भयो है
घर-घर खुले किवाड़े।
जागो बंसी वारे...ललना

54

(दोपहर का समय था। फिर से झील के किनारे-किनारे वही राजसी गाड़ी आती नज़र आई। मीरा कुटिया के समीप चारपाई पर बैठी थी और अर्ध-चेतनावस्था में खम्भे का सहारा लिए, आँखें मुँदी हुई थीं।)

(दोनों दासियों ने आकर ताज़ा भोजन-पानी रखा और पहला रखा हुआ भोजन उठा लिया, जो छुआ भी नहीं गया था। एक दासी ने सुराही देखने के बाद कहा)

दासी : रानी माँ ने तो जल भी नहीं लिया !

55

(महल में ऊदा ने चिल्लाकर कहा।)

ऊदा : नहीं लिया तो न ले। अच्छा है न, आज मरे कल दूजा दिन। देखती हूँ, कौन किवाड़ खोलता है मन्दिर के।

56

(सन्ध्या का समय था। चारों तरफ़ बादल घुमड़कर आ गए थे। मन्दिर के आसपास अन्धकार छा गया था। देखते-देखते बिजली कड़कती और मूसलाधार बारिश होने लगी। मीरा ने मन्दिर में खड़े-खड़े गाना शुरू किया।)

मीरा : बादल देख डरी हो श्याम
मैं बादल देख डरी।
काली-पीली घटा उमड़ी
बरस्यों एक घड़ी
जित जाऊँ तित पानी-पानी
हुई सब भूम हरी,
जाके प्रिया परदेश बसत हैं
भीजै बाहर खड़ी।
मीरा के प्रभु हरि अविनाशी
कीजै प्रीत खरा,
बादल देख डरी हो श्याम
मैं बादल देख डरी।

57

(भोजराज अपने कक्ष में बौराया-सा घूम रहा था। चारों ओर बार-बार बिजली कौंध रही थी। हवा के जोर से परदे उड़ रहे थे।)

भोज : आज चौथा दिन है...भूखी-प्यासी वह कब तक ज़िन्दा रहेगी ?

58

(ऊदा ने अपने कक्ष से जवाब दिया।)

ऊदा : न रहे, ज़रूरत किसे है ? भैयाजी तो...पागल हो गए हैं।

59

(मीरा बहुत दुर्बल हो गई थी। शरीर कमजोर हो चुका था। चलने-फिरने में अब कठिनाई होने लगी थी। शाम का समय था और वह मन्दिर के आँगन में खम्भे से लगी बैठी गा रही थी।)

मीरा : प्यारे, दरशन दीजौ आय
तुम बिन रह्यो न जाय
प्यारे, दरशन दीजौ आय
जल बिन कमल, चन्द बिन रजनी
आकुल व्याकुल फिरूँ रैन-दिन
विरह कलेजी खाय।
प्यारे, दरशन दीजौ आय

(रात का समय था। आँधी-तूफ़ान ज़ोरों पर था। ऐसे में राजसी गाड़ी फिर आई और अनुचर भोजन इत्यादि बदलकर तथा मन्दिर के किवाड़ों पर नया दीया लटकाकर लौट गए।)

60

(मीरा प्रायः मूर्च्छा की अवस्था में ही रहती थी। कुटिया के बाहर ही चारपाई पर वह लेटी हुई थी।)

61

(हवा ज़ोरों से चल रही थी। किवाड़ों पर लटका हुआ दीया ज़ोर-ज़ोर से हिल रहा था। उसका तेल छलक-छलककर दरवाज़ों पर फैलने लगा।)

62

(मीरा पूरी तरह से गहरी नींद में सो रही थी। इतना तूफान चल रहा था पर उसे होश नहीं था। उसका चेहरा पीला हो गया था मगर एक प्रकार की शान्ति नजर आ रही थी उसके मुख पर।)

63

(दीया और ज़ोर-ज़ोर से हिलने लगा और तेल पूरे दरवाज़े पर फैल चुका था।)

64

(बिजली कौंधी–चमकी।)

65

(भोज अपने कक्ष में बेचैनी से घूम रहा था।)

66

(ऊदा के कक्ष का दरवाज़ा हवा के ज़ोर से धड़ाक से खुल गया। ऊदा ने बिस्तर से उठकर उसे बन्द किया। ऊदा फिर बिस्तर पर जैसे लेटी, वैसे फिर से दरवाज़ा धड़ाक से खुल गया। ऊदा एक पल को डर गई।)

67

(मन्दिर के किवाड़ों में आग लग गई जैसे बिजली की कड़क दरवाज़े पे जा गिरी हो। दरवाज़ा

जलने लगा। हवा ज़ोरों से चल रही थी।)

68

(महन्त काली-मन्दिर से निकलकर आए। जैसे किसी अज्ञात तूफ़ान ने उन्हें भी जगा दिया था। वह भी भयग्रस्त हो गया और टहलने लगे।)

69

मीरा अभी भी सो रही थी। उसके चेहरे पर एक अजब सी मुस्कान थी। जैसे उसने सब कुछ पा लिया हो।

70

(मन्दिर के कपाट अब पूरे ज़ोर के साथ जलते जा रहे थे।)

71

(सुबह की पहली किरण जंगल में चारों तरफ फैल चुकी थी। पक्षी चहचहाने लगे थे। दूर से बंशी का मधुर स्वर आ रहा था। जैसे मीरा को जगाने का प्रयास कर रहे थे।

कुटिया के समीप चारपाई पर खोई हुई मीरा धीरे-धीरे आँखें खोली और अपने चारों ओर नज़र भरकर देखा।

रात के तूफ़ान ने चारों ओर पत्ते, धूल, टूटी हुई जालियाँ फैला रखी थी।

मीरा चारपाई से नीचे उतरी और उसके पाँव जैसे खुद ब खुद ही उस मन्दिर की तरफ चल दिए। उसका शरीर बहुत कमज़ोर हो गया था। चलने में उसे कठिनाई हो रही थी। मन्दिर की सीढ़ियाँ चढ़कर जैसे ही वो मन्दिर के दरवाजे के सामने आई, अनायास ठिठककर रुक गई।

सामने मन्दिर का दरवाज़ा पूरी तरह जल गया था और कृष्ण की मूर्ति उस जले हुए दरवाज़े में से मुस्कुराती हुई उसकी ओर देख रही थी। मीरा, बस, देखती रह गई। यह कैसा अद्भुत चमत्कार हुआ। मीरा ने अपने श्रीकृष्ण से हठ किया था और वह जिद आज पूरी हो गई। कृष्ण मुस्कुरा के उसको दर्शन दे रहे थे।

मीरा की आँखों में आँसू आ गए और वह सर झुकाकर भगवान को नमन की मुद्रा में प्रणाम करते हुए धरती पर लेट गई।

उसका सिर जुड़े हुए हाथों पर टिका रहा और वह इसी प्रकार दंडवत लेटी रही।)

72

(यह ख़बर महल तक पहुँची। भोज अपने कक्ष से निकलकर भागा। आँगन-बरामदे पार करता हुआ महल के बाहर आया और घोड़े पे बैठकर मन्दिर की तरफ चल दिया।)

73

(ऊदा अपने कक्ष से निकली और तेज चाल से सीढ़ियाँ उतरने लगी।)

74

(महन्त तक भी यह समाचार पहुँच गया। वो काली-मन्दिर में खड़े थे।)

75

(चित्तौड़ की जनता श्रीकृष्ण के मन्दिर की तरफ जा रही थी, उस चमत्कार को देखने।)

76

(घोड़े को सरपट दौड़ाता हुआ भोजराज भी मन्दिर के पास पहुँचा। घोड़े से उतरा और मीरा के पास गया। भोज ने उसे पुकारा।)

भोज : मीरा...

(मीरा अभी भी प्रणाम की मुद्रा में थी। भोज उसके निकट पहुँचा और वहीं बैठकर उसने उसके सिर पर हाथ रखा। मीरा बेसुध थी। भोज ने मन्दिर की ओर देखा। जले हुए किवाड़ों में से श्रीकृष्ण की मूर्ति मुस्कुराती नज़र आई। भोजराज पर भी यह चमत्कार हावी हो उठा था।

वह फिर से मीरा को सुध में लाने का प्रयास करता रहा।)

भोज : मीरा...

(मगर मीरा की बेहोशी नहीं टूटी। अन्ततः भोज ने मीरा को गोद में उठा लिया और भीड़ से बाहर निकलकर महल की तरफ चल दिया।

77

(युद्धस्थल, ख़ेमे के बाहर घोड़ा छोड़कर अकबर ने अन्दर प्रवेश किया। मन्त्री तथा सेनाधिकारी ने बढ़कर उसका स्वागत किया। अकबर बैठा और उन्हें भी बैठने को संकेत करते हुए अपने सामने की ओर बैठे व्यक्ति से कहा।)

अकबर : फ़ौजी।

फ़ौजी : ज़िल्ले-इलाही !

अकबर : जा सके ?

फ़ौजी : राजपूत समझौते के लिए तैयार नहीं हैं जहाँपनाह।

(अकबर एकदम आवेश में आते हुए उठा और कहा।)

अकबर : अहमकाना है उनकी यह ज़िद ! नादान हैं।

(बेचैनी से घूमने लगा।)

अकबर : और ग़लत हैं उनके ख़यालात अगर वह समझते हैं कि हम उन पर हुकूमत करेंगे। हम सिर्फ़ हिन्दुस्तान को एक परचम तले जमा करना चाहते हैं।

भ्रष्ट हो
ही का पद्य

...र हँसते हुए बाहर आए।)

जानी।

जुग पानी॥

...ता से सन्त रैदास ने उनके सामने ...झुकाया। तुलसीदास ने भी सम्मान से ...की आवभगत की और उन्मुक्त हँसी से कहा।)

...ड़ी प्रसन्नता हुई, आपके दर्शन हुए। रैदासजी, बाहर क्यों बैठे हो ? अन्दर क्यों नहीं आते ?

...स : शूद्र हूँ गोस्वामी, अन्दर आकर तुम्हारा धर्म भ्रष्ट नहीं करना चाहता था, तुम्हीं ने तो कहा था...

...लसीदास : अरे भाई रैदास, तुम कब से शूद्र हो गए ? हमने वह पद्य आपके लिए थोड़े ही कहा था, भाई ! शूद्र वो जो मैल जोड़े, गँवार वो जो राम से अनजान हो और नारी वो जो वासना की प्रतीक हो—साधु-सन्तों को उन्हें दूर रखना चाहिए।

रैदास : ये सब तो ज्ञान की बातें हैं भाई, इसलिए तो फ़कीर

78

(दूसरी तरफ विक्रमजित घूमा और कहा।)

विक्रमजित : वह परचम अकबर ही का होगा, इसका चुनाव हिन्दुस्तान ने नहीं किया। हमें कोई ज़िद नहीं कि हजारों-लाखों सिपाहियों को अपनी ज़िद के लिए मौत के घाट उतार दें। हर सिपाही की ज़िन्दगी हमें अपनी ज़िन्दगी की तरह ही प्यारी है...और अपनी ज़िन्दगी की तरह ही उसे अपने आदर्श के लिए कुर्बान कर सकते हैं। अकबर भूल कर रहा है, अगर वह समझता है कि उसके धर्म से हिन्दुस्तान एक हो जाएगा...

79

(उधर अकबर ने उसी आवेश में और गुस्से से कहा।)

अकबर : धर्म देश नहीं है...यह ग़लत है। मज़हब मज़हब है और कौम कौम है...मज़हब, कौम नहीं होता।

(सब लोग ध्यान से सुन रहे थे अकबर ने फिर कहा।)

अकबर : हमारा ईमान गवाह है कि हम जंग पर जाने से पहले जोधाबाई के हाथ से पेशानी पर तिलक लगवाते हैं और कुरान पर हाथ रखकर इंसाफ की कसम खाते हैं। हम किसी पर कोई मज़हब आयद करना नहीं चाहते, लेकिन हम यकीनन चाहते हैं कि हिन्दुस्तान एक कौम हो जाए, एक कौम बने। जिस दिन यह वतन एक वतन हो गया, उस दिन

दुनिया की कोई ताकत इसके सामने खड़ी नहीं
सकेगी। और यही कोशिश है हमारी कि एक
यह कौम एक परचम तले खड़ी होकर कह स
हम हिन्दुस्तानी हैं, हमारा वतन हिन्दुस्तान है

(अकबर ख़ेमे से बाहर निकल गया।)

80

*(भोजराज युद्धस्थल पर जाने के
था। मीरा अन्दर से भोजराज
उठाकर लाई और उसके हाथों
कहा)*

मीरा : तलवार यह फ़ैसला नहीं कर सक
प्रेम ही कर सकता है। और उसके
नहीं, भक्ति की ज़रूरत है।

(भोजराज हँसकर कह उठा

भोज : तुम तो सन्तों की तरह बोल
तुम्हारी तरह लिख सकते,
इकतारा लेकर जाते युद्ध पर
चलाना हमें नहीं आता।

*(मीरा उसकी ओर दे
पल रुककर फिर क*

भोज : हाँ, जाते हुए तुम्हारी कोई निशाना
चाहते हैं।

(मीरा ने एक तुलसी-माला गले में डाल रखी थी। भोज ने उसी माला को लेते हुए कहा।)

भोज : लाओ, यह हाथ पर पहन लें...और वचन देते हैं, जब तक जान बाकी है, तुम्हारे मंगलसूत्र की तरह, यह भी देह से जुदा नहीं होगी।

78

(दूसरी तरफ विक्रमजित घूमा और कहा।)

विक्रमजित : वह परचम अकबर ही का होगा, इसका चुनाव हिन्दुस्तान ने नहीं किया। हमें कोई ज़िद नहीं कि हजारों-लाखों सिपाहियों को अपनी ज़िद के लिए मौत के घाट उतार दें। हर सिपाही की ज़िन्दगी हमें अपनी ज़िन्दगी की तरह ही प्यारी है...और अपनी ज़िन्दगी की तरह ही उसे अपने आदर्श के लिए कुर्बान कर सकते हैं। अकबर भूल कर रहा है, अगर वह समझता है कि उसके धर्म से हिन्दुस्तान एक हो जाएगा...

79

(उधर अकबर ने उसी आवेश में और गुस्से से कहा।)

अकबर : धर्म देश नहीं है...यह ग़लत है। मज़हब मज़हब है और कौम कौम है...मज़हब, कौम नहीं होता।

(सब लोग ध्यान से सुन रहे थे अकबर ने फिर कहा।)

अकबर : हमारा ईमान गवाह है कि हम जंग पर जाने से पहले जोधाबाई के हाथ से पेशानी पर तिलक लगवाते हैं और कुरान पर हाथ रखकर इंसाफ की कसम खाते हैं। हम किसी पर कोई मज़हब आयद करना नहीं चाहते, लेकिन हम यकीनन चाहते हैं कि हिन्दुस्तान एक कौम हो जाए, एक कौम बने। जिस दिन यह वतन एक वतन हो गया, उस दिन

दुनिया की कोई ताकत इसके सामने खड़ी नहीं हो सकेगी। और यही कोशिश है हमारी कि एक बार यह कौम एक परचम तले खड़ी होकर कह सके—हम हिन्दुस्तानी हैं, हमारा वतन हिन्दुस्तान है।

(अकबर ख़ेमे से बाहर निकल गया।)

80

(भोजराज युद्धस्थल पर जाने के लिए तैयार था। मीरा अन्दर से भोजराज की तलवार उठाकर लाई और उसके हाथों में सौंपते हुए कहा)

मीरा : तलवार यह फ़ैसला नहीं कर सकती। यह फ़ैसला प्रेम ही कर सकता है। और उसके लिए शान्ति की नहीं, भक्ति की ज़रूरत है।

(भोजराज हँसकर कह उठा।)

भोज : तुम तो सन्तों की तरह बोलने लगी हो, मीरा। तुम्हारी तरह लिख सकते, गा सकते, तो हम इकतारा लेकर जाते युद्ध पर। लेकिन वह हथियार चलाना हमें नहीं आता।

(मीरा उसकी ओर देखती रही। भोज ने एक पल रुककर फिर कहा।)

भोज : हाँ, जाते हुए तुम्हारी कोई निशानी साथ ले जाना चाहते हैं।

(मीरा ने एक तुलसी-माला गले में डाल रखी थी। भोज ने उसी माला को लेते हुए कहा।)

भोज : लाओ, यह हाथ पर पहन लें...और वचन देते हैं, जब तक जान बाकी है, तुम्हारे मंगलसूत्र की तरह, यह भी देह से जुदा नहीं होगी।

(मीरा का हाथ अपने मंगलसूत्र पर गया।)

भोज : तिलक नहीं लगाओगी ?

मीरा : अभी लाई !

(मीरा थाल लेने गई। भोज ने कुछ देर रुककर अपनी माला को देखा, फिर कमरबन्द से तलवार बाँधी। कुछ देर प्रतीक्षा की और फिर भीतरी कक्ष की ओर बढ़ने लगा। मीरा तेजी से बाहर आई। वह देखकर आई कि उसके कमरे में कृष्ण की मूर्ति नहीं थी। वह भोजराज से टकराते-टकराते बची।)

भोज : क्या हुआ ? तुम्हारा रंग क्यों उड़ गया ?

मीरा : मेरे गोपाल...कृष्ण मेरे कहाँ हैं ? किसने हटाया उसे ? आपने ? आपने निकाल दिया उसे...?

(भोजराज यह सुनकर गुस्सा गया और मीरा की बाँह पकड़कर लगभग घसीटते हुए उसे बाहर ले गया जहाँ संगमरमर का एक श्वेत मन्दिर बगीचे में बना हुआ था। भोजराज नीचे रुका और बोला।)

भोजराज : ऊपर जाओ और मिल लो उससे ! हमने तुम्हारे लिए यह नया मन्दिर बनवाया है; ताकि भजन-कीर्तन के लिए तुम्हें घर से बाहर न जाना पड़े...और इसकी मान-मर्यादा तुम्हारी निर्लज्जता से बच जाए।

(मीरा धीरे-धीरे ऊपर गई। मन्दिर के अन्दर झाँककर देखा। वहीं श्रीकृष्ण थे उसके अपने। फिर मीरा ने घूमकर भोजराज को देखा, तब तक वो घोड़े पर बैठ चुका था। और तेजी से युद्धस्थल की तरफ निकल गया।)

81

(बरगद की झुकी हुई शाखाएँ दिखाई दे रही थी। पगडंडी पर तुलसीदास, काशी में अपनी कुटिया की ओर आ रहे थे। तभी उनके शिष्य ने उन्हें सूचित किया।)

शिष्य : सन्त रैदास आए हैं, बाहर बैठे हैं।

तुलसीदास : तो बाहर क्यों बैठे हैं ? अन्दर बुलाओ।

शिष्य : मैंने तो कहा। बोले, गोस्वामीजी का धर्म भ्रष्ट हो जाएगा। मैं तो शूद्र हूँ, और आप ही का पद्य सुना दिया :

शूद्र गँवार ढोल पशु नारी
ये सब ताड़न के अधिकारी।

(तुलसीदास यह सुनकर हँसते हुए बाहर आए।)

तुलसीदास : सियाराम मैं सब जग जानी।
करहुँ प्रणाम जोर जुग पानी॥

(बहुत नम्रता से सन्त रैदास ने उनके सामने शीश झुकाया। तुलसीदास ने भी सम्मान से उनकी आवभगत की और उन्मुक्त हँसी से कहा।)

तुलसीदास : बड़ी प्रसन्नता हुई, आपके दर्शन हुए। रैदासजी, बाहर क्यों बैठे हो ? अन्दर क्यों नहीं आते ?

रैदास : शूद्र हूँ गोस्वामी, अन्दर आकर तुम्हारा धर्म भ्रष्ट नहीं करना चाहता था, तुम्हीं ने तो कहा था...

तुलसीदास : अरे भाई रैदास, तुम कब से शूद्र हो गए ? हमने वह पद्य आपके लिए थोड़े ही कहा था, भाई ! शूद्र वो जो मैल जोड़े, गँवार वो जो राम से अनजान हो और नारी वो जो वासना की प्रतीक हो—साधु-सन्तों को उन्हें दूर रखना चाहिए।

रैदास : ये सब तो ज्ञान की बातें हैं भाई, इसलिए तो फ़कीर

क्या, शाह क्या, सभी आते हैं तुम्हारे पास। सुना है, अकबर बादशाह ने भी दरबार में बुला भेजा था।

(तुलसीदास हँस पड़े और कहा।)

तुलसीदास : हाँ...
लिखी गुलामी राम की
पता लिख्यों दरबार
तुलसी अब का होयेंगे
नर के मनसबदार !!

(रैदास ने अन्ततः पूछा)

रैदास : पराई पीड़ा लेकर आया हूँ। एक नारी की व्यथा है...कृष्ण भक्त है।

(तुलसीदास मुस्कुराए और पूछा।)

तुलसीदास : मोर मुकुट कटि काछनी
भले बने हो नाथ।
तुलसी मस्तक तब नवे
धनुष बाण लो हाथ ॥
क्या विपदा है उसकी ?

82

(मीरा अपने महल के बाग़ीचे में बने नए मन्दिर की सीढ़ियों पर बैठी थी और फूलों की एक माला पिरो रही थी। सामने एक नेत्रहीन साधु बैठा था जो कह रहा था।)

साधु : वृन्दावन में नाम सुना था आपका। मिलने की इच्छा हुई, चले आए।

(मीरा ने एक पल सोचा फिर कहा)

मीरा : वृन्दावन जाऊँगी ज़रूर...वहाँ जीव गोस्वामी से

मिलने की इच्छा है !

साधु : वह तो स्त्रियों से नहीं मिलते !

मीरा : अच्छा, मेरे गोपाल के सिवा भी कोई पुरुष है, वृन्दावन में ?

(तभी ऊदा वहाँ आ गई। अन्धे साधु से बातें करते हुए देखकर बोली।)

ऊदा : भाभी ! एक दुर्जन काफ़ी नहीं था। जो दिन-रात पराए पुरुषों को बुलाती रहती हो ? बाहर जाने से मना किया भैया ने तो घर में बुलाने लगी हो इन चूड़े-चमारों को !

(मीरा ने अपने को संयत रखते हुए कहा।)

मीरा : जीजी।

(ऊदा साधु की ओर मुड़ी और कहा।)

ऊदा : चल उठ, बाहर निकल यहाँ से।

(साधु बेचारा आँखें झपकाता हुआ। वह समझ नहीं पाया कि क्या हुआ और उसे क्या करना चाहिए। ऊदा ने उसे बाँह से पकड़कर उठाते हुए कहा।)

ऊदा : आँख से तो अन्धा है...क्या कान भी फूट गए तेरे ?

(उसने उसे बाहर की ओर धकेला। मीरा अपने स्थान पर खड़ी रही और उसकी आँखों से आँसू बहने लगे। मीरा खड़ी सोचती रही और उस पर सन्त रैदास की आवाज आने लगी। वह आवाज जो मीरा ने पत्र में लिखकर तुलसीदास को भेजी थी।)

आवाज : घर के स्वजन हमरे जेते
सबन उपाधि बढ़ाई
साधु संग अरु भजन करत
मोहि देत कलेस महाई

83

(रैदास मीरा के पत्र की अन्तिम पंक्तियाँ पढ़कर तुलसीदास को सुना रहे थे।)

रैदास : हमको कहा उचित करिबो है
से लिखियो समुझाई

(तुलसीदास के मुँह से तुरन्त ही उत्तर में उनका दोहा निकला)

तुलसीदास : जाके प्रिय न राम वैदेही
तजिए ताहि कोटि बैरी सम
जद्यपि परम सनेही।

(फिर समझाते हुए कहा।)

तुलसीदास : जो काजल आँख फोड़े, उसे त्याग दो, चाहे कितना ही स्नेही क्यों न हो !

84

(महन्त अपने मन्दिर में खड़े ऊदा को वही बात समझा रहे थे।)

महन्त : जो काजल आँख फोड़े, उसे त्याग दो...चाहे कितना ही स्नेही क्यों न हो ! विष का नाश हत्या नहीं, सत्य कहलाता है।

(ऊदा बात को समझकर वहाँ से चली गई।)

85

(उस रात मीरा के महलवाले कुछ लोग श्रीकृष्ण के मन्दिर से श्रीकृष्ण की मूर्ति उठाकर ले गए।

ये लोग ऊदा द्वारा भेजे गए थे। फिर यही लोग रात के अँधेरे में ही ऊदा से मिले और मूर्ति दिखाई। मूर्ति लेकर सब एक कुएँ के पास पहुँचे और मूर्ति कुएँ में फेंक दी।)

86

(उधर मूर्ति के गिरने से छपाक् की आवाज आई और इधर मीरा अपने बिस्तर से घबराकर उठकर बैठ गई। इधर-उधर अपने कक्ष में देखा। वह बेचैनी से उठी और बाहर जाना चाहती थी मगर दरवाज़ा बाहर से बन्द था। वह खोलने की चेष्टा करने लगी मगर व्यर्थ था। भागकर वह दूसरे दरवाज़े पर गई मगर वह भी बाहर से बन्द था। उसी प्रकार खिड़कियाँ भी बन्द थी। मीरा परेशान हो गई, यह क्या हुआ ? क्या उसे कैद कर दिया गया ? उसे समझ में नहीं आया कि क्या करे ! अनायास उसे ललिता की याद आई और उसके मुँह से अस्फुट स्वर में निकला।)

मीरा : ओ...ललिता !

(फिर वहीं बैठ गई।)

87

(उधर ललिता अपने घर का द्वार खोलकर बाहर आई और हाथ की मशाल घुमाकर इधर-उधर देखा। पीछे उसका भाई देव भी आया, पूछा)

देव : क्या हुआ, ललिता ?

ललिता : मीरा की आवाज़ आई थी, भैया। लगा, जैसे बुला रही है मुझे।

(किन्तु वहाँ कोई नहीं था। दोनों अन्दर लौट गए।)

88

(भोजराज घोड़े पर भागा आ रहा था। उसका घोड़ा अपने महल के बाहर आकर रुका। वह घोड़े से उतरकर सीधा मीरा के कक्ष की तरफ गया। उसने कक्ष का द्वार खोला, मगर वहाँ कोई नहीं था। कक्ष खाली था और मीरा जा चुकी थी।)

89

(पक्षियों के एक विशाल झुंड ने उड़ान भरी और आसमान में कहीं विलीन हो गया। उसके साथ ही हमें मन्दिरं के 'कलश' नज़र आने लगे। यह द्वारिका था। मीरा महलों की क़ैद से मुक्त होकर पूरे तीर्थ स्थलों पर घूमती हुई द्वारिका की गलियों में पहुँची और गा रही अपने श्रीकृष्ण के लिए।)

मीरा : जो तुम तोड़ो पिया, मैं नाहीं तोडूँ रे
तो सों प्रीत तोड़ कृष्णा, कौन संग जोडूँ !

तुम भये तरुवर, मैं भई पखिया

तुम भये सरोवर, मैं तेरी मछिया
तुम भये गिरिवर, मैं भई मोरा
तुम भये चन्दा, मैं भई चकोरा।

जो तुम तोड़ो पिया, मैं नाहीं तोड़ूँ रे
तो सों प्रीत तोड़ कृष्णा, कौन संग जोड़ूँ !
तुम भये मोती प्रभुजी, हम भये धागा
तुम भये सोना, हम भये सुहागा
मीरा कहे प्रभु, ब्रज के बासी
तुम मेरे ठाकुर, मैं तेरी दासी।

जो तुम तोड़ो पिया, मैं नाहीं तोड़ूँ रे
तो सों प्रीत तोड़ कृष्णा, कौन संग जोड़ूँ !

(गीत चलता रहा और मीरा भी कभी द्वारिका, कभी मथुरा, कभी वृन्दावन। वृन्दावन में अकस्मात् उसके संग ललिता भी नज़र आई और तब एक आवाज़ सूत्रधार की आई।)

सूत्रधार : कहते हैं, ललिता उन्हें खोजती हुई वृन्दावन में आ मिली थी, लेकिन इतिहास में इसका जिक्र नहीं मिलता।

(और इसके साथ ही हम मीरा को फिर से अकेली देखते हैं। उसने एक और गीत शुरू कर दिया। धीरे-धीरे मीरा के साथ साधुओं की मंडली जुड़ती गई। मीरा गाती चली जा रही थी पूर्व की ओर)

मीरा : करना फ़कीरी फिर क्या दिलगीरी
सदा मगन मैं रहना जी
कोई दिन गाड़ी न कोई दिन बँगला
कोई दिन जंगल बसना जी !
कोई दिन हाथी न कोई दिन घोड़ा

कोई दिन पैदल चलना जी
कोई दिन खाजा न कोई दिन लाडू
कोई दिन फ़ाकम-फ़ाका जी !

कोई दिन ढोलिया, कोई दिन तलाई
कोई दिन भुईं पर लोटना जी।
मीरा कहे प्रभु गिरधर नागर
आय पड़े सो सहना जी
करना फ़कीरी फिर क्या दिलगीरी
सदा मगन मैं रहना जी।

(कभी बैलगाड़ी, कभी पैदल, मीरा की यात्रा अब कभी खत्म नहीं होती। उसे जैसे चलते ही रहना था और वह चलती जा रही थी।)

90

(विक्रमजित अपने गुप्तचर से कह रहा था।)

विक्रमजित : चित्तौड़ जाओ और हमें सुबह ख़बर लाकर दो, हमने सुना है, मीरा घर छोड़कर चली गई है।

गुप्तचर : जो हुकुम।

(विक्रमजित गहरी चिन्ता में।)

91

(अकबर अपने महल से निकलकर तानसेन के साथ जा रहा था और तानसेन ने अकबर से कहा।)

तानसेन : हम तो सुर के पंडित हैं, महाबली ! मगर वह सुर

की साधु है।

अकबर : आपके बाद और भी कोई आवाज है हिन्दुस्तान में, मियाँ तानसेन ?

तानसेन : इलहाम् की आवाज़ है वह जहाँपनाह, मुहब्बत और इबादत की आवाज़ है। जब से सुना है, हमारे दिलोदिमाग़ में गूँज रही है।

अकबर : हम भी सुनना चाहते हैं वह आवाज़।

(बातचीत करते-करते महल की दूसरी ओर बढ़ गए।)

92

(मीरा एक अनज़ाने कृष्ण-मन्दिर के बाहर चबूतरे पर बैठी गा रही थी और भक्त-मंडली नाच रही थी। सारा मन्दिर भीड़ से उमड़ रहा था। अब तक मीरा की ख्याति दूर-दूर तक फैल चुकी थी। मीरा कृष्ण को लेकर भजन गा रही थी। उनके सिवा उसका कोई नहीं था।)

मीरा : मेरे तो गिरधर गोपाल
दूसरो न कोई
जाके सिर मोर मुकुट
मेरो पति सोई !
अँसुवन जल सींच-सींच
प्रेम बेल बोई
अब तो बेल फैल गई।
आनन्द फल होई
मेरे तो गिरधर गोपाल दूसरो न कोई।

(तभी भीड़ में से अकबर और तानसेन चबूतरे की तरफ आए। दोनों सीढ़ियों के पास ही अपने

जूते छोड़ दिए और चबूतरे पर आकर मीरा के बहुत निकट बैठ गए। मीरा आँखें बन्द करके गाती रही।)

मीरा : तात मात भ्रात बन्धु आपणों न कोई
छॉड दई कुल की कान का करिहे कोई
मेरे तो गिरधर गोपाल, दूसरो न कोई
जाके सिर मोर मुकुट,
मेरो पति सोई।

(अकबर और तानसेन इस भक्ति भरे भजन में सराबोर हो गए और झूमने लगे।)

मीरा : चुनरी के किये टूक, ओढ़ लीन्ही लोई
मोती मूँगे उतार, वनमाला पोई

(तानसेन सब कुछ भूलके गा पड़े। उसी सुर में जिस सुर में मीरा गा रही थी।)

तानसेन : मेरे तो गिरधर गोपाल, दूसरो न कोई।

(मीरा ने धीरे से आँखें खोलकर देखा और उसके होंठों पर मुस्कान खेलने लगी। अब दोनों संगत में गाने लगे।)

मीरा : जाके सिर मोर मुकुट, मेरो पति सोई

तानसेन : मेरे तो गिरधर गोपाल दूसरो न कोई।

(भजन समाप्त हुआ। मीरा हाथ से इकतारा एक तरफ़ रखते हुए तानसेन से कहा।)

मीरा : यह प्रेम और प्रार्थना की आवाज़ बादशाह के दरबार में क्यों कैद कर दी आपने ?

(तानसेन एक पल को घबरा गया और मुड़कर अकबर बादशाह को देखा। जैसे मीरा ने तानसेन को पहचान लिया हो। मीरा ने अकबर को देखकर कहा)

मीरा : इनकी आवाज़ सिर्फ़ एक ही है हिन्दुस्तान में मैं पहचानने में भूल नहीं कर सकती।

(अकबर और तानसेन बहुत साधारण से कपड़े पहनकर आए थे। मगर मीरा ने तानसेन की आवाज पहचान ली थी।)

तानसेन : बादशाह ने दरबार में बुलाकर हमें इज़्ज़त दी है, मान दिया है।

मीरा : वह मान उससे भी बड़ा हो जाता, अगर बादशाह दरबार छोड़कर आता और आपकी प्रार्थना में शामिल हो जाता।

(अकबर ने मीरा की तरफ देखा, मीरा ने तानसेन से कहा।)

मीरा : अपने बादशाह से कह दीजिए, आवाज़ ख़रीद लेने से अल्लाह नहीं ख़रीदा जाता।

(अकबर यह सुनकर हैरान हो गया। तानसेन ने मीरा से कहा।)

तानसेन : मेरे बादशाह के सामने आप ऐसा नहीं कर सकेंगी !

(मीरा ने अकबर की तरफ देखकर कहा।)

मीरा : मैं जो कह रही हूँ, वह बादशाह के सामने ही कह रही हूँ।

अकबर : सुभान अल्लाह !

(यह कहते हुए अकबर खड़ा हो गया और गले में पड़ी मोतियों की माला निकालकर दोनों हथेलियों पर रखकर मीरा के सामने करते हुए सम्मान से कहा।)

अकबर : यह भेंट मेरी तरफ़ से कुबूल फ़रमाइए।

(मीरा ने हँसकर कहा)

मीरा : आपने फिर ख़रीद-फ़रोख़्त शुरू कर दी।

अकबर : यह कीमत नहीं, नज़राना है। हमारी तरफ़ से मन्दिर की मूर्ति पर चढ़ा दीजिए।

(मीरा ने माला स्वीकार कर ली और सम्मान देने के लिए उसे माथे से लगा लिया।)

93

(वही मोतियों की माला फ़र्श पर ज़ोर से फेंकी गई जो भोजराज के कदमों के पास आकर रुका। भोजराज युद्ध से घायल होकर लौटा था और एक ऊँचे आसन पर बैठा हुआ था। माला विक्रमजित ने फेंकी थी उसकी तरफ़ और कहा।)

विक्रमजित : यह अकबर के गले की माला है, तुम्हारी पत्नी को इनाम में दी गई है, उसके अच्छा गाने के लिए। *(भोजराज सिर झुकाकर सुनता रहा।)* इससे बड़ा मज़ाक हमारे घराने के साथ आज तक नहीं हुआ। हमने राठौड़ों से दोस्ती की थी, इज्ज़त और आबरू बढ़ाने के लिए, उसे मिट्टी में मिलाने के लिए नहीं। हम बहू माँगकर लाए थे उस घर से...एक...

(विक्रमजित ने वाक्य अधूरा छोड़ दिया। तभी मीरा वहाँ लाई गई। वह भोजराज के पीछे आकर खड़ी हो गई। विक्रमजित हाथ उठाकर उसकी ओर संकेत करते हुए कहा।)

विक्रमजित : इस औरत ने विश्वासघात किया है, हमारे धर्म को भ्रष्ट किया है। इसका फ़ैसला किया जाएगा। कुलगुरु राजपुरोहित गणलोक के सामने धर्म की अदालत बुलाएँगे...और जो भी दंड वह निश्चित करेंगे, तुम्हें मानना पड़ेगा।

(यह कहकर विक्रमजित वहाँ से चले गए। मीरा कुछ देर तक भोजराज को देखती रही और फिर घूमकर वहाँ से चली गई। दोनों सिपाही पीछे-पीछे गए। भोज वहाँ प्रतिमा की तरह बैठा रहा।)

94

(मीरा के अपराधों का निर्णय करने के लिए धर्म का न्यायालय जुटा था। पूरी अदालत लोगों से भरी हुई थी। इस भीड़ में मीरा के शुभचिन्तक भी थे और धर्म के कट्टरपन्थी भी। जिस जगह महन्त को बैठना था उसके दोनों ओर चारों आचार्य आकर बैठ चुके थे लेकिन महन्त का आसन खाली थी। सामने की ओर कारावास का मुख्य द्वार था और उसके ठीक ऊपर एक बहुत बड़ा घड़ियाल लगा था। वहाँ के अधिकारी ने बढ़कर उस पर एक चोट की और उसके साथ सामने की ओर से बरामदे से महन्त आते हुए नज़र आए। सभी सभासद खड़े हो गए। उन्होंने अपने आसन के करीब पहुँचकर सभी को देखा, बैठने का इशारा किया और खुद भी बैठे। ऊदा दाईं ओर के बरामदे से निकलकर आई और महन्तजी के पीछे लगे आसन पर बैठ गई। भोज भी आया और अपने आसन पर विराजमान हुआ। महन्त के संकेत पर घड़ियाल पर चोट की गई।)

(कारागृह का दरवाज़ा खुला और मीरा ने दो सिपाहियों के साथ प्रवेश किया। उसने एक लोई जैसा कपड़ा अपने शरीर पर ओढ़ रखा था। उसकी चाल गम्भीर और चेहरा शान्त था। वह आकर सभागार के ठीक मध्य में खड़ी हो गई। उसके पीछे कारागृह का एक रोशनदान था जहाँ से रोशनी की एक मोटी सी लकीर निकलकर मीरा की पीठ पर बिखर रही थी। ऐसा आभास हो रहा था जैसे मीरा प्रकाश पुंज

में खड़ी थी।)

(मीरा ने हल्का सा घूमकर भोजराज की तरफ देखा। भोज ने भी उसे देखा। फिर उसने सामने बैठे महन्त को देखा। महन्त की गूँजती आवाज़ सुनाई पड़ी।)

महन्त : परंब्रह्म परं धाम पवित्रं परमं भवान्
पुरुषं शाश्वतं दिव्ययादि देवभजं विभुम्

(इस संस्कृत श्लोक के बाद फिर कहना शुरू किया।)

महन्त : मनुष्य असम्पूर्ण है। मनुष्य, मनुष्य की परीक्षा योग्य नहीं। किन्तु धर्म, समाज का नियम है और जो उस नियम को खंडित करता है, वह समाज, धर्म और ईश्वर के प्रति दोषी है। नैतिक पाप है यह और सामाजिक अपराध भी।

ब्राह्मणो, प्रजाजनो। राजकुँवर भोजराज की पत्नी राजरानी मीरा पर आरोप है कि उसने एक नहीं, कई नियमों का उल्लंघन किया है। उन पर विचार करने के लिए यह धर्म-अदालत बुलाई गई है। ईश्वर की इच्छा और प्रजाजनों की अनुमति से मैं धर्म-अदालत का कार्य आरम्भ करता हूँ।

(महन्त ने एक ब्राह्मण की ओर संकेत कर कहा।)

महन्त : मीरा के दोष प्रजाजनों को पढ़कर सुना दिए जाएँ।

(ब्राह्मण खड़ा हुआ और कुछ आगे आकर पढ़ना शुरू किया। उसके हाथ में एक लिपटा हुआ वस्त्र था जिस पर आरोपों की सूची थी।)

ब्राह्मण : प्रथम—धर्मशास्त्र और समाज के नियम के अनुसार निश्चित है कि पत्नी अपने पति क़ा धर्म स्वीकार करे। मीरा ने अपने पति का धर्म स्वीकार करने से इनकार किया।

द्वितीय—मीरा ने पर-पुरुषों से सम्बन्ध जोड़े, जो रिश्ते में न उसके ससुराल से थे और न ही नैहर से।

तृतीय—छोटी जाति के लोगों से सम्बन्ध बढ़ाकर मीरा ने राज-परिवार की मर्यादा को भ्रष्ट किया।

चतुर्थ—मीरा ने कृष्ण मन्दिर जलाने की चेष्टा की, जो राजसी हुक्म से बन्द कर दिया गया था।

पंचम—पति की अनुमति के बिना मीरा ने पति का घर छोड़ा और एक से ज्यादा दिन तक बाहर रही।

षष्ठम—राजा भोजराज के अलावा भी मीरा किसी और को अपना पति मानती है, जो धर्मशास्त्रों के अनुसार किसी भी स्त्री के लिए पाप है।

सप्तम—राजा, प्रजा और देश के उस प्रमुख शत्रु सुल्तान, अकबर से मीरा ने उपहार स्वीकार किया, जो स्वयं उसके भाई राजा जयमल की मृत्यु का कारण हुआ।

(यह सुनकर मीरा ने नज़र उठाकर पढ़नेवाले की तरफ देखा और फिर आँखें बन्द कर लीं। उसे अपनी कही हुई लाइनें याद आईं।)

गीत : तात मात भ्रात बन्धु
आपणो न कोई
छाँड देई कुल की कान
ओढ़ लेई लोई।

(वह ब्राह्मण अपने स्थान पर जाकर बैठ गया। महन्त ने पहला प्रश्न किया मीरा से।)

महन्त : मीरा ! तुमने अपने पति का धर्म स्वीकार करने से इनकार किया ?

(मीरा सिर्फ़ शान्त मन से उनकी तरफ देखती रही।)

महन्त : मीरा ! प्रश्न तुमसे है—क्या तुमने अपने पति का धर्म स्वीकार करने से इनकार किया ?

(मीरा मौन रही, ऊदा बोल पड़ी।)

ऊदा : जवाब क्यों नहीं देती ? महन्तजी पूछ रहे हैं तुम...!

(महन्त ने ऊदा को संकेत से कहा)

महन्त : ऊदा ! यह तुम्हारे परिवार की समस्या नहीं—धर्म और न्याय का प्रश्न है।

(इसके बाद उसने मीरा की तरफ देखकर कहा)

महन्त : मीरा ! तुम्हारा मौन, तुम्हारी ख़ामोशी दोष स्वीकार करने का प्रमाण होगी। हम एक बार और तुम्हें अपनी सफ़ाई देने का अवसर देते हैं। क्या तुमने अपने पति का धर्म स्वीकार करने से इनकार किया ?

(मीरा ने जैसे खुद से कहा)

मीरा : म्हारे धर्म तो एक ही साँची
भव सागर संसार...

(इस बार कविता सुनकर भोजराज बोला)

भोज : मीरा, यह कविता का समय नहीं। जो प्रश्न किया गया है उसका उत्तर दो।

(मीरा ने फिर से अपनी बात कही।)

मीरा : म्हारे धर्म तो एक ही साँचो
भव सागर संसार सब काँचो !

(महन्त ने प्रश्न बदलकर पूछा)

महन्त : क्या तुम स्वीकार करती हो कि राजकुँवर भोजराज के सिवा भी तुम्हारा कोई पति है ?

मीरा : जाके सिर मोर मुकुट, मेरो पति सोई!

महन्त : तो अदालत मान ले, तुम्हारे एक नहीं, दो पति हैं ?

मीरा : मेरे तो गिरधर गोपाल, दूसरो न कोई !

(मीरा का यह जवाब सुनकर सभी आपस में बातचीत करने लगे।)

महन्त : पत्नी होने के नाते, अपने पति की तरफ़ तुम्हारे क्या कर्तव्य हैं, यह तो अवश्य जानती होंगी ?

(मीरा चुप रही। महन्त ने इस बार गरजती आवाज़ में पूछा)

महन्त : उसे सन्तान भी दे सकती हो, जिसे पति मानती हो। नारी का यह कर्तव्य तो अच्छी तरह जानती होगी ?

(मीरा शान्त खड़ी रही कुछ पल के बाद वह शान्त और गम्भीर किन्तु गूँजते स्वर में कहा।)

मीरा : मैं आत्मन् हूँ शरीर नहीं।
मैं भावना हूँ, किसी समाज का विचार नहीं।
मैं प्रेमी हूँ, प्रेमिका हूँ।
केवल प्रेम नाम की जोगन
किसी सम्बन्ध की कड़ी नहीं
किसी परिवार की खूँटी से बँधी साँकल नहीं मैं।

(महन्त यह सुनकर धैर्य खो बैठे और बात काटकर बोले)

महन्त : ज़िन्दा रहने के लिए जो आहार अपने परिवार से लेती हो, उनकी तरफ़ तुम्हारा कोई फ़र्ज़ नहीं ? यह वस्त्र जो पहनती हो...।

(इस बार मीरा ने बात काटकर फिर कहा)

मीरा : वस्त्र शरीर के लिए है महाराज, शरीर वस्त्र के लिए नहीं। जैसे लिबास शरीर से ज्यादा महत्त्वपूर्ण नहीं होता, वैसे ही शरीर आत्मा से ज्यादा महत्त्वपूर्ण नहीं हो सकता।

महन्त : जो परिवार तुम्हें ज़िन्दा रखता है, और जिस समाज

में रहती हो, उसके नियम तुम्हारे लिए कोई महत्त्व नहीं रखते ?

(मीरा ने एक लम्बी साँस ली और फिर कहा)

मीरा : आज, इसी पल, मैं अपने परिवार और आपके समाज, दोनों का परित्याग करती हूँ।

(अदालत के लोगों में जैसे भय की लहर दौड़ गई)

यह क्या कह दिया मीरा ने ?

(महन्त की नस-नस खिंच गई)

(भोजराज अदालत से उठकर चला गया। महन्त की आवाज़ फिर सुनाई पड़ी)

महन्त : हमें अफसोस है, मीरा, कि तुम्हारे विचार के लिए हमें ही नियुक्त किया गया है। तुम्हारे कुलगुरु होने की हैसियत से...।

(अचानक मीरा ने उनकी बात काटी।)

मीरा : मेरे ज्ञान-गुरु सन्त रैदास हैं, आप नहीं।

(महन्त ने यह सुनकर गुस्से से कहा।)

महन्त : एक नीच जाति के आदमी से और ज्ञान तुम्हें मिल भी क्या सकता था ? जिस त्याग की बात करती हो तुम, उसमें समाज के नियम से फरार और छुटकारे का छल नज़र आता है। जिसे प्रेम कहती हो, उसमें हिर्स और वासना की गन्ध आती है। वरना कई-कई दिनों तक तुम पराए पुरुषों के साथ घर से बाहर न रहतीं। तुमने राजघराने के मान और मर्यादा को भ्रष्ट किया है, प्रजा के धर्म में विष घोला है। तुम्हें बिना किसी विचार के भी राणा मृत्यु-दंड दे सकते थे। लेकिन यह हमारी विशालता है कि हम तुम्हें अपनी सफाई का अवसर दे रहे हैं, क्योंकि हमारा धर्म आज भी क्षमा और पश्चात्ताप को दंड से ऊँचा स्थान देता है।

(यह सुनकर मीरा ने बहुत धीमी आवाज़ में कहा)

मीरा : क्रोध बुद्धि-विनाश करता है, महाराज ! क्रोध न करें। आप अपना धर्म देखिए, मैं अपना कर्म कर रही हूँ। मृत्यु से मुझे भय नहीं। जिस शरीर से सीमित हूँ, उसकी मृत्यु हो जाए तो मैं असीम हो जाऊँगी, अनन्त में समा जाऊँगी। आप परिणाम की इच्छा से बँधे हुए हैं, और मैं इच्छा का परिणाम जानती हूँ। मेरे कर्म में फल की इच्छा नहीं। मेरा कर्म...

(अकस्मात् महन्त ने बात काटते हुए कहा)

महन्त : गीता मत सिखाओ हमें—यहाँ न अर्जुन है, न कृष्ण, न कुरुक्षेत्र ! तुम क्या दूसरी गीता की रचना कर रही हो ?

(मीरा ने बड़े प्यार भरे अन्दाज़ में कहा।)

मीरा : उसकी गीता भी एक ही थी, और गीता का वह भी एक ही था...मेरा कृष्ण !

महन्त : तुम्हारा कृष्ण, हूँ ! तुम्हारी बपौती नहीं है वह !

(इसके बाद महन्त खड़े हो गए और जाने से पहले कहा)

महन्त : न्याय का शेष कार्य कल पूरा होगा। मीरा को वापस बन्दीघर में पहुँचा दिया जाए।

(मीरा घूमकर वापस गई। बन्दीघर का द्वार बन्द हुआ।)

95

(रात का तीसरा प्रहर था। मीरा बन्दीगृह में बैठी इकतारे से खेल रही थी। वह सोई नहीं,

रात-भर जागती ही रही। मीरा को किसी के आने की आहट सुनाई पड़ी। मीरा ने घूमकर देखा तो सामने जख़्मी भोजराज था। मीरा ने उसके शरीर के ज़ख़्मों को देखकर कहा।)

मीरा : युद्ध से लौट आए ?

(भोजराज जवाब देता है, पर उसकी आवाज़ में बहुत दर्द है।)

भोजराज : हाँ ! युद्ध से...महायुद्ध के लिए लौटा हूँ।

(मीरा ने उसके हाथों में लिपटी अपनी तुलसी की माला को देखा उसे छुआ और कहा)

मीरा : बहुत घाव दिए युद्ध ने ?

भोजराज : तुमने जो घाव दिया है, वह सबसे गहरा है मीरा। *(भोज ने अपना चेहरा घुमा लिया। उसकी आँखें नम हो गईं। मीरा चुपचाप सब कुछ समझते हुए खड़ी रही !)* भोज अपने को सँभालते हुए कहा।

भोज : तुम क्षमा माँग लो—भाईजी माफ कर देंगे।

(मीरा चुप रही। भोज ने घूमकर उससे कहा।)

भोज : तुम नहीं जानती, तुम्हारा दंड निश्चित हो चुका है।

(भोज ने फिर अपना चेहरा छिपाते हुए कहा)

भोज : तुम्हें मृत्यु-दंड दिया जाएगा—गणलोक के सामने ज़हर का प्याला पीना पड़ेगा तुम्हें।

(दोनों के बीच में कुछ देर तक ख़ामोशी रही फिर भोज ने कहा।)

भोज : मीरा...

(मीरा ने भोजराज की तरफ़ देखा) मीरा ! तुम भाग जाओ। मालदा चली जाओ—वहाँ तुम्हें कोई नहीं छू सकेगा, वहाँ...*(मीरा ने उसे करीब आकर छुआ। वह चुप हो गया।)*

मीरा : कमज़ोर न बनो, राणाजी ! मेरे राणा को यह शोभा नहीं देता...*(भोज की आँखों से फिर आँसू छलक*

पड़े) भोजराज कुछ कहना चाह रहा था फिर रुक गया। वह जान गया, मीरा को कोई नहीं रोक सकता। आख़िरी बार मीरा को भोजराज ने देखा। फिर तेज़ी से वहाँ से निकल गया।

96

(कारागृह का दरवाजा खुला और मीरा ने अदालत में प्रवेश किया। अदालत खचाखच भरा पड़ा था। सभी सभासद आचार्यगण अपने स्थान पर बैठे थे। महन्त भी आ चुके थे। भोजराज की जगह अभी तक खाली पड़ी थी। महन्त ने पूछा।)

महन्त : भोजराज क्यों नहीं आए ?

(एक ब्राह्मण आया। उसने बताया)

ब्राह्मण : राजकुँवर का स्वास्थ्य ठीक नहीं, वह क्षमा चाहते हैं—आज अदालत में उपस्थित नहीं हो पाएँगे।

(अचानक मीरा ने पूछ लिया)

मीरा : क्या हुआ राणा को ?

(इस बार महन्त ने मीरा की तरफ़ देखा, मीरा ने फिर पूछा।)

मीरा : राणा को क्या हुआ है ?

(महन्त यह सुनकर मुस्कुरा दिए और पूछा)

महन्त : तुम्हें क्या सचमुच भोजराज की चिन्ता है ?

मीरा : चार दिन साथ रह लो तो पड़ोसी की चिन्ता हो जाती है महाराज। अपने राणा की चिन्ता नहीं होगी, जिनकी शरण में इतने दिन जी हूँ ?

महन्त : अपने परिवार में और किसकी चिन्ता है तुम्हें ?

(मीरा ने एक बार उनकी तरफ़ देखा और कहा)

मीरा : मुझे तो आपकी भी चिन्ता है, जिन्हें मैंने बहुत क्लेश दिया है !

(अदालत में एक खुशी की लहर दौड़ पड़ी। महन्त ने फिर से थोड़ा नम होकर पूछा)

महन्त : जिन्हें त्याग रही हो उनकी चिन्ता भी करती हो तुम ?

मीरा : चिन्ता अपने प्रेम की है, महाराज, परिवार की नहीं–संसार घटता है घट जाए; मेरा प्रेम नहीं घटता !

महन्त : तुम दीवानी हो गई हो, मीरा ! और दीवानों को हमारा कानून दंड नहीं देता, उनका इलाज करता है !

(मीरा ने थोड़ा सा मुस्कुराके पूछा)

मीरा : प्रेम क्या रोग है, जिसका इलाज करेंगे आप ?

(अदालत में हल्का सा शोर उठा। शोर और हँसी सुनकर महन्त ने चेतावनी दिया !)

महन्त : यह धर्म-अदालत है, नवचन्दी का मेला नहीं। प्रजाजनों से निवेदन है, मौन धारण करें।

(सब तरफ़ फिर से चुप्पी छा गई)

महन्त : मीरा ! तुम पर देशद्रोही होने का आरोप है–तुमने देश के प्रमुख शत्रु सुलतान अकबर से उपहार स्वीकार किए, क्या यह सत्य है ?

मीरा : मेरा कोई शत्रु नहीं !

महन्त : तुम्हारे देश का शत्रु क्या तुम्हारा शत्रु नहीं ?

मीरा : आप अपना देश वहीं तक मानते हैं, जहाँ तक आपका राजपाट चलता है। आपका देश कभी घट जाता है, कभी बढ़ जाता है ! मैं आपकी सीमा को देश की सीमा नहीं मानती !

महन्त : तुम अकबर को भी अपने देश का शत्रु नहीं मानतीं...जो तुम्हारे भाई की मृत्यु का कारण हुआ

और जिसने तुम्हारे पति राणा को असंख्य घाव दिए ?

मीरा : देश-प्रबन्ध और राजनीति राणा का क्षेत्र है, मेरा नहीं।

महन्त : तो न्यायासन पर बैठकर न्याय करना भी हमारा क्षेत्र है। जो भी देश-हित और धर्म-नीति के विरुद्ध व्यवहार करेगा, दंड का भागीदार बनेगा। और दंड देना हमारा कर्तव्य है।

मीरा : मैं आपको अपने कर्तव्य से नहीं रोक रही।

(महन्त ने सीधे इल्ज़ाम लगाते हुए कहा)

महन्त : अपने अपराध का दंड जानती हो तुम ?

(मीरा ने मुस्कुराकर कहा)।

मीरा : मेरा दंड क्या होगा, आप भी जानते हैं, मैं भी जानती हूँ।

(मीरा एक पल को रुकी कुछ सोचकर बहुत आहिस्ता स्वर में कहा)

मीरा : मैं आपको अपनी हत्या के पाप से मुक्त करती हूँ।

(यह कहकर मीरा मुड़कर कारागृह के द्वार की तरफ़ गई। महन्त अपनी जगह पर खड़े हो गए।)

महन्त : प्रश्न-उत्तर खत्म हुआ। मीरा का निर्णय कल सुना दिया जाएगा।

(यह कहकर महन्त भी गए। बैठे शेष लोग भी उठकर जाने लगे।)

97

(फिर वही रात का पिछला प्रहर। दूर कहीं एक का गजर बजा। भोज अपने कक्ष में बेचैनी से टहल रहा था)

98

(मीरा कारागृह की कोठरी में दीवार से लगी बैठी थी। उसे अपनी ही कही हुई पंक्तियाँ याद आईं)

गली तो चारों बन्द हुईं
मैं हरि सा कैसे मिलूँ जाए
बार-बार पग धरूँ जतन से
बार-बार डिग जाए।

99

(भोजराज अपने कमरे में बेचैनी से टहल रहा था जैसे किसी का इन्तज़ार हो, तभी किसी के आने की आहट सुनाई पड़ी थी। भोजराज ने दरवाज़ा खोला, सामने ललिता खड़ी थी एक सिपाही के साथ, जो ललिता को लिवाकर आया था। भोज ने हड़बड़ाहट में उसे अन्दर आने को कहा)

भोजराज : आओ, अन्दर आ जाओ।

(ललिता कमरे में आई, भोजराज लँगड़ाते हुए बिस्तर के करीब पहुँचा। तकिए के नीचे से एक बड़ी सी चाभी निकाली और ललिता को देते हुए कहा...भोजराज की आवाज़ में एक विनती थी।)

भोजराज : यह चाभी लो, और मीरा को बन्दीघर से निकालकर ले जाओ ! जो सन्तरी तुम्हें यहाँ तक लाया है, वह मालदा तक पहुँचा देगा।

(ललिता ख़ामोशी से भोजराज की बेचारगी को

देखती रही, पर वो चाभी नहीं ली। गजर ने दो बजाए।)

(भोजराज ने फिर विनती की।)

भोजराज : ललिता, जल्दी करो ! वक़्त बहुत कम है।

(भरी हुई आवाज़ में ललिता ने सिर्फ़ इतना कहा)

ललिता : हुकुम। मीरा की आत्मा मर गई तो उसके शरीर को बचाकर क्या कर लेंगे आप ?

(यह सुनकर भोज चिल्ला पड़ा)

भोजराज : बन्द करो यह उपदेश।

(और फिर उससे दूर होते हुए कहा)

भोजराज : जाओ, चली जाओ। तुम भी कुछ नहीं कर सकती। तुम भी डरती हो मीरा से। मैं...भी...हाँ, मैं भी डरता हूँ...उस उजियाले के सामने आँखें चुँधियाने लगती हैं। दिनों-दिनों आँखें नहीं खुलती रंगें...टूटने लगती हैं...कुछ...कुछ बर्दाश्त नहीं होता आँखों से। आँखें डूबने लगती हैं...डूबती जा रही हैं। मैं...मुझे दिखाई नहीं देता...मैं डूबता जा रहा हूँ...मैं डूब रहा हूँ...मैं...।

(ललिता दो कदम आगे बढ़ी—भोजराज की तरफ़)

ललिता : हुकुम ?

भोजराज : हूँ...ललिता...! ललिता...जाओ...जाओ...चली जाओ यहाँ से।

(ललिता चली गई। चाभी भोजराज के हाथ से छूटकर गिर गई। भोजराज वहीं बेहाल-सा बैठा रहा। कुछ पल के बाद, उस चाभी के पास दो पैर आकर रुके। भोजराज ने ऊपर देखा तो पाया उसके सामने, उसके बड़े भाई विक्रमजित खड़े थे, एक पल को भी वो अपने भाईजी से

आँखें नहीं मिला पाया। विक्रमजित ने चाभी उठाकर बिस्तर पर फेंकी और कहा)

विक्रमजित : अपनी पत्नी की रक्षा करने का तुम्हें पूरा अधिकार है। और अपने राजपाट में कानून की रक्षा करने का अधिकार हमें भी है। मीरा को भगाकर ले जा सकते हो तो भाग जाओ...हम पकड़ सके तो अपने अपराधी को तो ज़रूर पकड़ेंगे।

(इतना कहकर विक्रमजित कमरे से तेज़ी से निकल गया तभी भोज ने उन्हें रोकते हुए कहा)

भोज : भाईजी, मैं युद्ध पर जाने की आज्ञा चाहता हूँ।

(विक्रमजित वापस पलटकर, भोजराज के करीब आए और कहा।)

विक्रमजित : यह आज्ञा तुम्हें नहीं दी जा सकती, जब तक धर्म-अदालत तुम्हारी पत्नी का न्याय नहीं कर लेती।

भोज : मैं...धर्म-अदालत का फैसला जानता हूँ। मैं वह नहीं देख सकूँगा।

विक्रमजित : और यह हम भी नहीं देख सकते, कि दंड उसे मिले और कायरों की तरह तुम भाग जाओ। हम वक़्त की शतरंज पर रखे हुए मोहरे हैं, भोजराज ! हमारी हर चाल इतिहास में लिखी जाएगी और अपने इतिहास का फैसला हम खुद करेंगे...

(भोज बात को काटते हुए कहा)

भोज : आपके फैसले तक मैं ज़िन्दा नहीं रहूँगा।

(यह सुनकर विक्रमजित गुस्से में आ गया और कहा)

विक्रमजित : तुम्हारी लाश उठाकर हम युद्धस्थल में फिंकवा देंगे...ताकि इतिहास यह कहकर आँखें मूँद ले कि भोजराज मीरा का न्याय देखने से पहले ही मारा जा चुका था।

(दोनों भाइयों ने एक-दूसरे को देखा और विक्रमजित गुस्से से कमरे से बाहर निकल गया।)

100

(आज अदालत में सन्नाटा था महन्त और चारों आचार्य झुके बैठे थे। भोज सर झुकाए अपने स्थान पर बैठा था मीरा अपने स्थान पर खड़ी-जैसे समाधि में हो। ऊदा ने बरामदे से होते हुए अपना स्थान ग्रहण किया। महन्त आँखें बन्द कर जैसे खुद को शान्त कर रहे थे, कुछ पल के बाद गरज भरी आवाज़ में घोषणा करते हुए बोले।)

महन्त : ईश्वर प्रत्यक्ष है, धर्म गवाह है और प्रजा साक्षी है—राजा भोजराज की पत्नी राजरानी मीरा का न्याय-विचार पूर्ण हुआ। धर्मशास्त्र, सामाजिक विधान तथा नैतिक मान्यताओं के अनुसार मीरा अपराधी साबित होती है। यह प्रमाणित हो चुका कि मीरा ने धर्म का उल्लंघन किया, राजसी आदेशों का उल्लंघन किया और नैतिक मान्यताओं को नष्ट किया ! धर्म-अदालत ने इन सब अपराधों के लिए मृत्युदंड निश्चित किया है। धर्म-अदालत मीरा को जनलोक के सामने विष का प्याला पीने का आदेश देती है।

(अदालत में सब चुप से बैठे थे—कहीं कोई हरकत तक नहीं थी। मीरा भी अपने स्थान पर शान्त और गम्भीर सी खड़ी थी यह सुनकर भोजराज अपनी जगह से उठा और स्तम्भ का

सहारा लिया)

(तभी दाईं ओर के बरामदे के ऊपर से विक्रमजित आकर खड़े हुए। उनके सम्मान में सभी खड़े हो गए। सिर्फ़ महन्त अपने आसन पर बैठे रहे।)

(विक्रमजित चलते हुए सीधे महन्तजी के सामने आया और मुस्कुराकर उनके चरण छुए। महन्त ने आशीर्वाद दिया फिर विक्रमजित ने झुक उनसे अनुमति ली कि उन्हें एक विशेष घोषणा करनी है। महन्त ने अनुमति दी।)

(विक्रमजित सीधे खड़े हुए और भरी अदालत को सम्बोधित करते हुए कहा।)

विक्रमजित : धर्म-प्रतिनिधियो और प्रजाजनो ! हमें यह शोक-समाचार देते हुए दुःख हो रहा है कि मेड़ता के राजा बीरमदेव मुगलों से लड़ते हुए आज युद्धभूमि में शहीद हो गए।

(यह सुनकर मीरा ने सर उठाकर उनकी तरफ़ देखा।)

विक्रमजित : मीरा उनके खानदान की आख़िरी निशानी है। धर्म-अदालत से मेरी विनती है...मीरा का न्याय विचार करते हुए, उसके प्रति दया और सहानुभूति से विचार करें।

(यह कहकर वो मीरा की तरफ़ कुछ पल तक देखते रहे और फिर मुड़कर चले गए। अदालत में बैठे लोगों में मीरा के प्रति एक आशा की लकीर नज़र आई। सभी खुश होकर आपस में बात करने लगे।)

(महन्त ने हाथ उठाकर सबको शान्त किया और कहना शुरू किया)

महन्त : यद्यपि देश और समाज की नज़र में मीरा के दोष

माफ करने के योग्य नहीं, लेकिन धर्म का कार्य पाप का नाश ही नहीं, विश्वास की पुनर्स्थापना भी है। हम एक और अवसर देते हैं मीरा को...अगर वह अपने पति का धर्म अपना ले और जन-लोक के सामने क्षमा माँग ले तो धर्म-अदालत उसे माफ कर देने के लिए फिर से विचार कर सकती है।

(सभी लोगों ने आशा से मीरा की तरफ़ देखा। लेकिन वो कुछ नहीं बोली जैसे उसने कुछ सुना ही न हो।)

(भोज ने भी मीरा की तरफ़ देखा महन्त ने फिर कहा)

महन्त : मीरा ! गजर के तीन बार बजने तक तुम्हें विचार का समय दिया जाता है।

(भोज ने मीरा की तरफ़ देखा, मीरा स्थिर खड़ी थी। महन्त के संकेत पर–प्रतिहारी ने गजर पर चोट की–एक–लोग बेचैन हो गए। ऊदा के चेहरे पर खिंचाव के लक्षण प्रकट होने लगे। प्रतिहारी ने दूसरी चोट की–दो–लोग अब तनाव से कुछ ज्यादा घिर चुके थे।)

(महन्त ने आचार्यों में से एक को संकेत किया, विष का प्याला लाने को। वह आचार्य, जाकर भीतरी कक्ष से विष का प्याला लाया।

(यह देखकर भोजराज बिल्कुल बेचैन हो गया ! गजर पर तीसरी चोट करने आदमी जा ही रहा था, तभी भोजराज अपनी जगह से चिल्ला उठा)

भोज : ठहरो ! वह प्याला वापस ले जाओ।

(फिर महन्त की ओर देखकर विनती भरे स्वर में कहा)

भोज : एक बार एक मौका दीजिए...मैं मीरा से एकान्त में बात करना चाहता हूँ... ।

(महन्त ने अपने दोनों ओर बैठे शेष आचार्यों की ओर देखा। दोनों आचार्य ने अपनी अनुमति दी। सर हिलाया जैसे स्वीकृति मिल गई, वो जाकर मीरा से मिल सके।

मीरा मुड़कर शान्त भाव से, अदालत से लगे हुए कमरे में गई, भोजराज पीछे-पीछे आया।)

101

(मीरा प्रतीक्षा में खड़ी थी उसका चेहरा बहुत शान्त था। भोज अन्दर आया। दोनों प्रतिहारी बाहर चले गए और द्वार बन्द हो गया।)

(टूटी गति से भोज मीरा के समीप आया उसका सारा शरीर काँप रहा था, आँखें सूजी थीं उसमें लाली भरी थी उसने कुछ कहने की कोशिश की।)

भोज : मीरा...

(पर मीरा जैसे कहीं और थी, कुछ और सोच रही थी। वह बोल पड़ी।)

मीरा : आज कृष्णा की बहुत याद आई, राणाजी !

भोज : मीरा ! मैं तुमसे कुछ कहने आया हूँ !

(मीरा ने तत्काल कहा)

मीरा : यही कहने आए हो क्षमा माँग लूँ ?

(भोजराज ने सिर उठाकर मीरा की ओर देखा तो अचानक उसे वही मीरा नज़र आई जिसे

उसने पहली बार झीलवाले कृष्ण- मन्दिर के पास देखा था और उस वक़्त सूर्य की वही चमक आज फिर उसे मीरा के चेहरे पर देखने पर महसूस हुई। भोजराज ने घबराकर आँखों पर हाथ रख लिया। मीरा ने कहना शुरू किया।

मीरा : तुम्हें अपने कर्तव्य के युद्ध से कोई वापस बुलाए तो क्या लौट जाओगे तुम ? आशीर्वाद दो मुझे ! तुम भी अपने युद्ध पर लौट जाओ। जानते हो न, युद्ध पर जाते हुए पीछे से आवाज़ नहीं देते...मैं अपने सत्य के युद्ध पर जा रही हूँ, मुझे पीछे से आवाज़ मत देना।

(मीरा बिना कुछ सुने, वहाँ से मुड़कर वापस अदालत में चली गई)

(बाहर से तीसरे गजर की आवाज़ आई। और भोज वहीं टूटकर ढेर हो गया)

102

(मीरा अपने स्थान पर लौटी और फिर वैसे ही खड़ी हो गई। आचार्य विष का प्याला लिये हुए मीरा की ओर बढ़ा। उस आचार्य की आँखें यह सब करते हुए छलक पड़ीं।

मीरा ने प्याला लेने के लिए अपने दोनों हाथों को आगे बढ़ाया।

आचार्य ने विष का प्याला उसके हाथों पर रख दिया। उसकी आँखों से आँसू बह निकले। मीरा ने विष का प्याला अपने होंठों से लगा लिया और विषपान करने लगी।

अदालत के सभी लोग खड़े हो गए और

उसकी ओर देखने लगे।

मीरा ने विष का प्याला खाली करके आचार्य की ओर बढ़ा दिया, मगर आचार्य के हाथ काँपने लगे और प्याला हाथ से छूटकर फर्श पर गिर गया। फर्श पर प्याला आवाज़ करते हुए काफ़ी देर तक घूमता रहा।)

103

(महल से बाहर झील के पास कृष्ण के मन्दिर के पास मीरा इकतारे को अपने शरीर से लगाए हुए, सुस्त कदमों से मन्दिर की तरफ़ बढ़ रही थी। पूरे नगरवासियों ने उसे घेर लिया था, बेसुध होकर मीरा के पीछे-पीछे चल रहे थे। मगर कोई उसके निकट नहीं आ रहा था जैसे वह मीरा नहीं, कोई दैवी शक्ति का चमत्कार हो।

इन सबके साथ-साथ मीरा का वही भजन भी सुनाई पड़ रहा जो वो गाया करती थी।)

ए री, मैं तो प्रेम दीवानी
मेरो दर्द न जाने कोय।

(मीरा उस कृष्ण मन्दिर के समीप पहुँच चुकी थी लोगों की भीड़ उसे दूर से देखते हुए चल रही थी। मीरा का गाया हुआ गीत चल रहा था।)

जो मैं ऐसा जानती
प्रीत किये दुख होय
नगर ढिंढोरा पीटती
प्रीत न कीजो कोय

एरी, मैं तो प्रेम दिवानी
मेरो दर्द न जाने कोय।
चारों दिशाएँ इसी गीत को दोहरा रही थीं।

(और फिर सारे आकाश में सिर्फ़ यही सुनाई देने लगा)

ए री, मैं तो प्रेम दीवानी
ए री, मैं तो प्रेम दीवानी
मेरो दर्द न जाने कोय
मेरो दर्द न जाने कोय
ए री, मैं तो प्रेम दीवानी
ए री, मैं तो प्रेम दीवानी

(सारी दिशाएँ गूँजती रहीं।

सबके देखते-देखते मीरा ने उस कृष्ण मन्दिर में प्रवेश किया। सब लोग दूर खड़े हो गए किसी की हिम्मत नहीं हुई मन्दिर में अन्दर जाने की। ऐसे में ऊदा भीड़ को चीरते हुए आई और मन्दिर के अन्दर गई।

ऊदा ने अन्दर जाकर देखा। अन्दर तो कोई नहीं, सिर्फ़ कृष्ण की मूर्ति थी जो ऊदा को देखकर मन्द-मन्द मुस्कुरा रही थी।

फिर ऊदा की नज़र पड़ी पंचदीपिका पर जिसको अभी-अभी किसी ने जलाया था, धूप-बत्ती की सुगन्ध चारों तरफ़ फैली हुई थी।

श्रीकृष्ण की मूर्ति के चरणों में मीरा का इकतारा और उसका मंगलसूत्र पड़ा हुआ था। मगर मीरा कहीं नहीं थी, मन्दिर में अन्दर आने का एक ही रास्ता था और जाने का भी एक ही रास्ता था यह कैसा चमत्कार ? क्या मीरा मूर्ति में समा गईं ? अचानक ऊदा को घबराहट होने

लगी। भय से काँपने लगी और बाहर की तरफ़ भागी चिल्लाती हुई।)

ऊदा : मीरा...*(पूर्ण आकाश में मीरा-मीरा-मीरा प्रतिध्वनित होने लगा।)*

104

(झील के उस पार, मेड़ता क्षेत्र में, राज-ज्योतिषी तथा देवा बैठे थे किनारे पर—राज ज्योतिषी के हाथ में दो कुंडलियाँ थीं, मीरा और कृष्णा की। किसी जमाने में उन्होंने बाँची थी, देवा ने पूछा।)

देवा : इन कुंडलियों में ऐसा लिखा था, पुरोहितजी।

राज ज्योतिषी : नहीं...मीरा की कुंडली, मीरा ने खुद लिखी।

(इसके साथ ही आदर से उन कुंडलियों को अपने माथे से लगाया और फिर फाड़कर उनके पुर्जे हवा में उड़ा दिए।)

●●●